說謊愛你，說謊不愛你

Lie to Love

阿亞梅／著

推薦序

好看的小說，好的小說

有些人的文字像一把雕刻刀，會琢磨在你的心裡，有些人卻像一陣風掠過，輕柔地觸動著你。從阿亞梅學生時代便認識至今，她的文字始終兩者兼具。《說謊愛你，說謊不愛你》除了精采之外，人物刻劃的細膩程度也讓我深深享受著。很久沒有遇見這麼讓人一鼓作氣想讀完的作品，輕輕的、細緻的卻又在劇情上面充滿了巧思。

這幾年在文學營的課堂上，我總是被詢問到同樣的問題。什麼樣的小說才是好的小說？技巧？鋪陳？創意？

我總是說，好看的小說便是了。「好看」這兩個字說起來籠統，實際上卻是精華所在。對我而言，《說謊愛你，說謊不愛你》就是這樣的小說，吸引你一步一步進入故事，進入主角的內心，忘記了現實世界，讓這故事中的想像力操縱你，多麼難得呢。女主角的任性以及可愛，細膩無比，這大概是我最激賞的部份了。彷彿整部作品的影像牢牢印在腦海，每一個轉換都是美好。

就像一首旋律美好的歌，歌詞又恰如其分地觸動人心。認識阿亞梅超過十年，突然回頭發現，這個女孩的文字還在，她的文字還是那麼棒。這是一種風景，也是一種讓我羨慕的才華。

敷米漿

推薦序

不傾城卻更傾城的——

稍微談過一點戀愛的人都曉得，從來愛情都不能脱離世俗的柴米油鹽，只在空中閣樓裡遺世獨立，然而正因為現實都太現實，霓虹大千的紅男綠女，又總牽扯糾葛於無止盡的紛擾間，才終於構成一副繽紛的衆生相，那固然精彩，卻也少了一點曾經我們在張愛玲裡遇見過的——僅存乎心的感動。

一則以愛情為主軸，長達數萬字的小説，常見的技術手法通常都以「以小説鋪演偶像劇」的概念來進行，觀衆可以看得血脈賁張、看得目不暇給、眼花撩亂，但看完後，卻極少能留下一絲韻味；或許對於單純只在文字中追求華麗感受的小説觀衆，「韻味」並不那麼被重視，但對於透過文字，更渴望汲取一點讀後興味的讀者而言，《説謊愛你，説謊不愛你》則有著彷彿重現張愛玲風格的驚豔感。

透過登場人數的精簡，反而更著墨於男女主角不休的交鋒，在各擅勝場、互見高低的進退拉扯中，教人不由得興味盎然起來。作者用更貼近這世代的文字風格，輕鬆勾勒了面貌鮮明的人物、安排直擊人心的對白，並巧妙將心理學的諸般理論在劇情中呈現，成為人物性格的一部份，以宛如重現當年的傾城之筆，完全擄獲了讀者的心思；當那些在其他故事中不可免俗非得存在不可的枝枝節節都剔去後，《說謊愛你，說謊不愛你》在乍看彷彿很「輕」的書名底下，醞釀出一個不停緊扣心弦的故事，我想說的是，一名平凡的作者，即使透過漫長的鋪排，也未必呈現出多少動人的故事質感，但一位高竿的作者，則只用兩個主角就足以讓人欲罷不能。

我特別喜歡作者在故事中安排的一段敘述：

> 心理學家最常被問的一句話：「你看得出我現在在想什麼嗎？」這件事的答案當然容易，但是，「別人在想什麼」往往不是最重要的問題，真正重要的，是「自己究竟在想什麼？」

是的，當你在愛情中，與對方正彼此拉鋸時，最值得玩味與探索的，正是「自己在想什麼」的這部分，而這也是作者在不斷暗示著，讓讀者可以藉由故事的提醒，去自行反芻的玄妙部分……好了，再扯下去，這篇文章就從推薦變成導讀了，開場白不需要占用太多閱讀的心緒，你更應該做的，是深呼吸一口氣，準備品嚐這篇小說，準備好了嗎？好了就趕緊翻到下一頁吧！

東燁（穹風）

作者序

八年以後——

回首上一次寫序，竟然已經過了八年。

這些年，你們好嗎？

這是我寫作生涯中，說得最久的一個故事。以前的我，完成一部長篇小說短則一季、長則半年，現在出一本書竟然拖了八年，到底怎麼回事？

我總自嘲，大概是我起步得早，寫作生涯的中年危機也比別人來得快。八年，要馴服一個原本對人產生信任的角色，夠了。要治癒一個因為受過傷害而愛說謊的角色，也夠了。如今回想起一切的心路歷程，簡直恍如隔世。

開始寫這小說時，我還只是個學生，沒寫到結局反而從學校畢了業先去當記者，寫起別人的故事；後來我辭了記者，當起專職編劇，依然說著故事，只是作者除了我還有伙伴……。

其實我一直沒有放棄寫作，只是把專屬於自己的故事擱置了，讓它陪伴著早已回不去的我，繼續昂首闊步。當然，我並沒有對它置之不理，只是每當我想拾起這荒廢許久的故事續寫時，都必須花費比過去更大的力氣去梳理人物的狀態、重新進入我當年想訴說的故事與道理、努力填平過去和現在的價值觀斷層。

每回交手，實在太令我筋疲力竭。於是，我將自己埋進電視劇工作裡。這幾年，我在自我介紹時，開始會說自己是「編劇」而不是「小說家」，好像完美地跟這筆名切割了。但，這個故事還是時不時地對我舉起手，提醒我有件事始終未完成。

八年，夠了，是我寫作生涯停損點的極致了，這次要一鼓作氣不留懸念。寫電視劇時，往往被太多現實考量侷限，這回重拾小說的我，竟覺得輕盈快樂，這份創作的自由，對現在的我來說，太珍貴、太美好，讓我忍不住再度入坑，構思起下一個作品。

累積八年的掙扎，有太多話想擠進這寥寥數頁中。不過，是時候該停筆讓你們閱讀，因為我已經讓你們等太久了。這次沒說的話，下次總有機會說的。

二〇一七年三月十五日　阿亞梅

目錄

「工作？我還以為那是只要會動的生物就能做的低等雜務。」

「請你放尊重點，我好歹也有個碩士學位！」

「誰沒有?!」高柏堅橫起眉，理直氣壯。

「……說的也是。」佐樂無話可說，第一時間索性選擇順服。

Chapter 1

惡魔的誘惑

佐樂會厭惡晨曦自然有她的道理，因為地球是圓的，讓世界有了晝夜。秋夜，晨昏之中日暮正薄，佐樂拐著高跟鞋，她身旁伴著一個年輕男人，扶著她在凌亂的步伐中前進。

佐樂突然一個踉蹌，被男人即時拉住。

「欸，小心小心！」

「沒事——」佐樂淺淺一笑，才說完就右腳踝就又一拐，險些栽了跟頭。「奇怪，怎麼剛一瞬間天旋地轉……」

「因為妳喝醉了，親愛的。」男人一手搭上佐樂纖細的後頸，手指頭不安分地游移，他俯下身靠近佐樂的雙唇。

「我才沒醉，別亂說！」佐樂嚷嚷起來，又拉開距離。

「好好好，妳說沒有就沒有。」男人寵溺地笑著。

「啊！35號，對……這是我家！」佐樂試著瞪大雙眼看清楚門牌。「耶！我回家了！欸……」

「嗯？」男人尾隨佐樂，也踏上石階。

「你……餓不餓？」佐樂嫣然一笑，風情萬種地以纖細的食指在男人的胸口畫著圈圈。

「當然餓，妳不知道，妳可口得讓人想犯罪？」

「喂！人家跟你說認真的！」佐樂嬌嗔一聲，笑著瞇起眼。「我肚子好餓，你幫我買個滷味，就在剛剛右轉彎進來的巷子口，好不好？我想先去洗個澡，待會我再幫你開門……」

「好啊，不過待會我怎麼找妳？」

「我住五樓，你待會按對講機，我就幫你開門。」佐樂的身子搖搖晃晃。「拜託你了，我頭好暈，走不到那邊……」

「好，我知道了。」男人上前在佐樂的額頭烙下一吻。「妳先休息，待會見。」

「嗯。」

佐樂見男人轉身走遠，掏出鑰匙開了門，甩上公寓大門的那刻她挺直了腰桿、腳步俐落地爬樓梯上樓，與方才神智不清的模樣判若兩人。

她根本沒醉。

「哼，愚蠢。」回到房間，佐樂脫光衣服、露出婀娜姣好的曲線踏入浴室，她望著鏡中的自己，勾出一抹自信的笑容。

事實上她並不住在五樓，也沒打算和那個萍水相逢的男人有進一步的發展，要不是這男人死纏爛打堅持要送她回家，又擺明居心不良的模樣，佐樂也不打算費任何心思捉弄他。

說謊的人最快樂，這是佐樂的座右銘。

這樣似是而非的詭辯並不是她與生俱來的邪惡，她甚至不喜歡在工作場合、或對朋友耍什麼陰險的心機手段，不過對於想圖謀不軌的對象，她秉持不乾脆、不推開、不果決的處事態度，凡事讓自己多出幾條路選擇，必要時就撒點謊演場戲將麻煩打發掉，她管這叫「惡魔根性」。

當然惡魔根性是把兩面刃，但她從不在意自己惹出的諸多禍端，反而覺得這遊戲有趣極了，特別是捉弄男人。

※

佐樂的眼睛閉不到兩個鐘頭，半夢半醒間她只覺得鬧鐘似乎響過，但她下意識認為是那個被她鎖在門外的倒楣鬼猛按對講機的聲響，而自動選擇忽略……。

直到她察覺事態不妙，睡眼惺忪地從床頭將鬧鐘信手摸來，旋即跳下床。媽的，真該死，要不是昨晚那個難纏的……叫什麼來著的傢伙，為了灌醉她讓她喝下數不清的龍舌蘭，她也不會一覺睡到太陽曬屁股！

她衝進浴室，花兩分鐘的時間盥洗，再換上窄裙和襯衫，抓起包包、頂著一頭亂髮就衝下樓，攔下一輛路過的計程車。

「妳好，小姐請問要到哪？」司機見佐樂一上車就開始塗脂抹粉，也不說目的地，只好主動開口詢問。

「噢，我忘了說。」佐樂看也不看他。「到桃園機場。」

「機場?!」

「怎麼了？只載短程嗎？我有帶錢。」佐樂放下手上的海綿，認真對司機說話：「先生，拜託，我真的很急。如果你不能載我到機場，我也不知道該怎麼辦才好了。唉，說來話長，昨晚我拒絕了我未婚夫的求婚，他現在打算回英國了！要是現在我不把他追回來，我就會永遠失去他！拒絕他是我的錯，但是、但是……嗚嗚嗚……」

佐樂眼角流出一行清淚，水汪汪的大眼睛讓她看起來更是楚楚可憐。

「好好好，小姐，妳別急，我現在就盡全力送妳到機場！」

佐樂連篇的鬼話果不其然地奏效，計程車司機賣命地踩油門又猛超車，顯然將交通規則全拋到九霄雲外，佐樂則繼續整理門面，即使計程車在高速公路上馳騁，不消一會工夫，她居然畫好了精雕細琢的無暇眼妝。

司機快馬加鞭之餘，還不忘悄悄打量佐樂。

「妳男朋友是外國人？還是他打算出國念書？」

「他啊……」佐樂轉了轉眼珠子，纖纖巧手繼續刷著睫毛。「他之前在英國拿到心理學博士的學位，半年前為了我回台灣，放棄在英國的學術研究，昨天跟我求婚，希望我跟他一起去英國，但是我還沒想清楚，他以為我拒絕了他的求婚，就說他要回去英國教書！」

「去英國教書，哇，妳男朋友這麼厲害啊？」

「是未婚夫！」佐樂正色。「我已經決定要嫁給他了，所以無論如何我一定要把他追回來。司機先生，你能不能再開快一點？我這輩子的幸福就掌握在你手裡了，我絕對絕對不能失去他！拜託你！」

佐樂移動視線，偷偷瞄了儀表板一眼，心中暗自竊喜。

司機又加快車速，但好奇心也絲毫不減。他看著正在用慕絲整理一頭捲髮的佐樂，忍不住又問：「妳看起來還很年輕，怎麼妳男朋友已經想跟妳結婚了？」

「嗯……」佐樂小心翼翼地撥整頭髮。「我想是因為他已經三十五歲，事業有個著落，開始想成家了。欸，司機呀，是不是快到機場了？」

「是啊，已經下交流道了，還沒花上半小時，夠快吧！」

「可是我看你剛才車開好快，要是超速被照相，罰錢了那怎麼辦？」

「沒關係啦，功德一件、日行一善啊！就跟妳說放心嘛！妳都把終身幸福交到我手上了，我絕對會盡全力送妳來的！哪，已經到了。」司機將車停到機場一側。

「你真是個好人！」佐樂看著跳表機上的數字，俐落地從皮夾抽出幾張鈔票。「來，這是車錢，不用找了。」

「謝謝。妳長得這麼漂亮，妳男朋友應該也很帥喔！」司機收錢，還不忘美言幾句。

「其實，他長得怎麼樣……」佐樂打開車門，露出甜美的笑容。「我跟你一樣，也沒看過！」

「啊？」司機呆若木雞，直到佐樂好整以暇地下車，關上車門揚長而去，他才知道自己被這愛說謊的女人給騙了。

※

「各位旅客您好，飛機即將於十分鐘後降落台灣桃園國際機場，請您繫好安全帶，祝您有愉快的一天……」

高柏堅收起厚厚一疊學術期刊文獻，剛硬的輪廓鬆弛了幾許。他皺了皺眉頭，調整一下坐姿，十四個小時的長途飛行再加上轉機的舟車勞頓讓他顯得格外疲憊，硬邦邦的經濟艙座椅簡直是監獄。

高柏堅生活習慣上的毛病一向不少，認床也是其一，在飛機上睡不著就算了，更糟糕的是他必須回台灣面對那些不精良的實驗儀器、三腳貓的學術涵養、落後的資訊網絡……還有，他最不想面對的私生活。

想到這，他閉上深邃的雙眼。

高柏堅認為自己不是婚姻上的逃兵，但當初他選擇放棄婚姻，已經讓自己成為千夫所指的罪人。即使遠走英國、在異地沉澱兩年，然而直到現在，要重新踏回這片土地、在飛機停妥的那刻，他的腦子怎麼又如此不爭氣地跳出程采珊的臉？高柏堅逼自己回到現實，不願再多想。

陽光普照，舊有的氣候竟變得如此生疏。高柏堅隨著機艙上其他旅客魚貫下機，領完行李，在大廳瞥見拿著打上自己名字紙卡的佐樂。

這女孩想必就是李其琛的研究助理了，出乎他意料的年輕。但這些對他來說一點意義也沒有，若不是需要一筆跨領域的共同研究資歷，他根本不會接受李其琛的邀請。他這趟回來只想速戰速決。

高柏堅緩下腳步，漸漸走向佐樂，正打算向佐樂搭話，但剛才因為佐樂的鬼話吃了悶虧的計程車司機，已氣呼呼地拽住佐樂的手臂！

「啊！」佐樂痛得尖叫一聲，轉過頭來嚇了一大跳。「先生你幹嘛？好痛，放手！」

「妳實在是好大膽！我剛才在高速公路上開到快一百四，少說也要罰三千，以後不能開車作生意怎麼辦？妳現在給我把錢吐出來！」

「哼，笑死人了！」遇強則强的佐樂翻臉比翻書還快，她輕蔑地說：「先生，你要搞清楚欸，我剛也問過你啦，是你自己說日行一善、功德一件的！拜託喔，這年頭哪有人想建廟還跟人收香火錢？」

真是一齣有趣的開場戲。

身為心理學家的高柏堅，百分百信奉「知己知彼、百戰百勝」這套哲學，眼下正好可以觀察一下這女孩臨機應變的能力，如果現在就過去英雄救美、攪亂一池春水，豈不是太可惜？於是，他默不作聲地繞到佐樂附近，興味頗豐地隔山觀虎鬥。

「妳……」司機瞠目結舌，舉起手似乎想對佐樂動手。

「你想打我？」佐樂冷笑，「別忘了這裡是機場，你一出手我馬上喊性騷擾！看他們會相信哭得梨花帶淚的弱女子、還是相信你這個剛在高速公路上開到時速一百四的計程車司機？」

「我看妳年紀輕輕、單純單純，想不到妳居然敢騙我，說什麼妳拒絕未婚夫的求婚要把他追回來啦，靠腰咧！林北沒跟妳計較吊銷駕照怎麼生活，就已經對妳不錯了！林北現在就打得妳哀父叫母！」

高柏堅見狀，正想上前制止，不料佐樂俐落一閃，就躲開司機揮舞的手掌，一雙眼睛居然像打開了水龍頭，說哭就哭，眼淚源源不絕地流滿整個臉龐，簡直讓高柏堅和司機看傻了眼。

「救命啊！救命啊！」佐樂東張西望，瞥見了愣在一旁的高柏堅，趕忙躲到他身旁，淚指著計程車司機，還煞有其事地哽咽：「這個人……他……」

「他怎麼了？」高柏堅覺得有趣，打算將計就計陪佐樂演下去。

「我也不知道……今天一大早，我從台北搭他的計程車來機場接我未婚夫的機，因為我很急，就請他開快一點，我也多付了車錢，結果他竟然追來，說我唆使他超速，要我賠罰金給他，剛剛還動手打我！嗚嗚嗚……」佐樂說完，竟涕泗縱橫地鑽進高柏堅懷裡。

「未婚夫?!」高柏堅只覺得一陣好笑，這女人不是來替他接機的嗎？要不然，她手上那張寫著高柏堅的字卡是怎麼回事？怎麼現在黃袍加身，他竟然莫名其妙多了個未婚妻！

「別聽她在說謊話！像她這種假鬼假怪的肖查某，最好是有人敢娶她！」司機說：「先生，你別管多閒事，閃一邊去！」

「我就是她未婚夫，誰說沒有人敢娶她？」高柏堅伸手，一把攬住佐樂的纖腰。

「啊？」佐樂被這麼一摟，這才有暇抬起頭打量眼前替她解圍的男子。

是她最喜歡的偏瘦體型、藏著智慧光芒的深邃眼睛，更重要的是……和那些乳臭未乾的碩士生或大學生截然不同的，熟男魅力，高柏堅在外型上紮紮實實地打中佐樂的偏好點。

「你……」司機啞口無言。

「你再不走我馬上就叫警察。」高柏堅冷冷看著他。

司機瞪著超出他一顆頭的高柏堅，摟住佐樂的樣子又氣勢凌人，只好自討沒趣地走了，還忍不住碎碎念：「媽的，一天之內居然就遇到兩個瘋子！」

「妳沒事吧？」見司機走遠，高柏堅鬆開摟緊佐樂的手。

「嗯……我沒事，謝謝你……」佐樂連忙抹掉臉上的眼淚，還給高柏堅一個甜美的微笑。

「那，妳的未婚夫呢？」

「呃……不知道，他的飛機已經落地半小時了，可是卻沒看見他人，偏偏我今天出門太匆忙，手機忘了帶，現在我也不知道該怎麼連絡他……對了，先生，你的手機可以借我嗎？」

「好啊，沒問題。」高柏堅忍住上揚的嘴角，掏出剛換好台灣ＳＩＭ卡的手機遞給佐樂。

佐樂接過手機，從包包裡翻出一本小冊子，按下電話號碼撥出，電話無法接通，她急著又連撥好幾通，最後無奈地將手機交還給高柏堅。

「怎麼樣？」高柏堅問。

「沒打通……」佐樂垂頭喪氣。「傷腦筋。大概是剛下飛機還沒開手機，我在這邊再等等看好了，不過還是謝謝你。」

高柏堅看著手機裡的號碼，忍不住噗哧一笑，那串電話的原主不就是這支手機嗎？會打通才有鬼！

「這樣吧，我陪妳在這邊等？」高柏堅提議。

「耶？」佐樂愣了愣，這是所謂的艷遇嗎？她興奮得一顆心小鹿亂撞，下一秒又害怕眼前的紳士熟男會發現自己撒的瞞天大謊。「沒、沒關係啦！你已經幫我很多很多了，再耽誤你的時間我會覺得很抱歉……」

「我是怕剛才那個人又來找妳麻煩，要是妳又連絡不上妳未婚夫，那不就沒人保護妳？」高柏堅笑了笑。「反正我才剛下飛機，不急著回家，就陪妳等一會吧！」

「可是……」

面對高柏堅的體貼溫柔，佐樂簡直心花怒放，她多想大喊，老娘根本沒有未婚夫啊！要不是為了要接一個從英國空降來的大叔，還差點睡過頭，她才不想自貶身價！

「難道，妳是怕被妳未婚夫誤會？」高柏堅看著佐樂為難的樣子，忍不住又想調侃幾句。

「哎呀，不是啦！真是一言難盡……」佐樂先是支支吾吾，隨後又開始胡謅：「他上飛機前我們在電話中大吵一架，現在又連絡不上他，我怕……」

「怕他丟下妳？」高柏堅似笑非笑。

這女人還真有才華！這樣都能硬拗，怎麼不去演藝圈闖蕩一下？待在李其琛身邊當研究助理也太可惜了。

「嗯……唉，真是流年不利，遇到一個不講理的司機，連愛情都沒了……」佐樂低頭掩面，說著又擠出幾滴眼淚。

「沒關係，反正我今天沒事，再陪妳等一下。」

「謝謝你……對了，你從哪邊回來的呀？」

「倫敦。」高柏堅說。

「真的啊？我未……呃不是，是我前未婚夫也跟你一樣耶！說不定你們搭的是同一班飛機！真是命中註定耶！」佐樂欣喜若狂。

一秒從未婚夫變成了前未婚夫，會不會見風轉舵得太快？

高柏堅挑眉，不可置信地望著眼前這鬼話連篇的女人。

「對啊！你看，我為了接他跑到機場，結果他拋棄我，你跟他原本要搭的又是同一班飛機，湊巧救了我，這不是命中註定是什麼？」

「妳大概沒想到，我不只跟他搭同一班飛機，連名字，都跟他一模一樣。」高柏堅抽起佐樂手中的紙卡，在她面前晃了晃。

「你……你是高柏堅?!」佐樂臉都綠了。

「是啊，真是『命中註定』呢！」高柏堅冷冷地欣賞自己經典的惡作劇。

※

走出機場，高柏堅脫下長版風衣，帥氣的身形領在前頭，只是苦了佐樂，還得拖著他厚重的行李箱當小跟班，萬般無奈攔了一輛在門口排班的計程車。

她安置好行李，上了計程車後座，沒想到高柏堅從另一邊的車門上車也坐了後座的位置，佐樂嚇了一大跳，正想換到副駕駛座，高柏堅就開口讓司機開車。

「您好，請問要到哪？」司機轉過頭來問。

「請往台北南港的方向開，我們要到中央研究院……」佐樂默背出不怎麼熟稔的地址。

「等等。」高柏堅出聲打斷。「先別去中研院，司機，請載我們到建國南路二段……」

建國南路？他去那幹什麼？

佐樂訝異地看著高柏堅。

「不行啊，高老師！今天晚上的派對是中研院特地為你和李老師合作的研究計畫舉辦的，有什麼事可以等明天……」

「距離晚上派對時間還早，不是嗎？」

「話不是這麼說……李老師想在派對前先跟您聊聊……」

「沒必要！他還交代了妳什麼？」高柏堅雙手抱胸、側頭沉思。「我怎麼記得李其琛告訴我，如果我回台灣有任何要求，都可以請妳替我打點？」

「呃……」佐樂張目結舌。

的確，佐樂的老闆李其琛，為了發展實驗賽局行為的研究計畫，不惜砸下重金買了心理學、腦科學等研究所需的科學儀器，在T大大學部設置社會科學實驗室，並且說服中研院，將遠走英國深造的心理學院士——高柏堅給聘回來。所以，這項研究計畫雖然屬於T大，卻受到更高層級中研院的高度關注，一場給高柏堅接風的派對只是基本款，接下來的數月，定期到中研院匯報進度、參加不完的研討會才是真正的戰場。在內外務不斷的情況下，李其琛為高柏堅配一個能幹的助理，替他打點生活瑣事，是最充分又必要的條件。

「再說，我剛下飛機，一堆沉甸甸的行李拿在手上。妳跟我回家整理整理，再換套衣服出門去參加今天的晚宴應該不為過吧？」

「等一下，我為什麼要跟你回家……」佐樂只覺得莫名其妙。

高柏堅皺起眉，冷冷看著佐樂。「怎麼，難道是陪『未婚夫』回家也讓妳害羞？」

「你說什麼?!」

「妳的臉紅了這麼久還不退，看來是入戲很深。」

佐樂對眼前局勢完全失去招架之力。

她撒起謊向來無往不利，殊不知今天竟然踢到鐵板！被這個自我感覺良好的怪大叔玩弄在股掌間，她方才的所作所為全都被他不留情面的甩回自己臉上，佐樂心中頓時燃起一把無名火。「喂！得饒人處且饒人，你有必要……」

「不滿意隨時可以下車。」

佐樂被高柏堅冷厲的語調嚇了一跳。

受任協助高柏堅之前，佐樂當然也打聽到一點關於高柏堅的脾性。得知他脾氣古怪、難以捉摸、規矩不少、羞辱人又不留情面、不帶髒字、態度傲慢又挑三撿四……歷任研究助理的任期，短則三天、長則三個月；更別提他幾年前受聘到T大大學部開課，那可是一樁傷了兩百五十顆少女心的世紀慘案。

這些佐樂自認為都能忍受，她甚至想得出對策與高柏堅周旋，但她不能接受的是，初次見面就讓這老狐狸逮到她幹這天大的糗事，叫她日後如何行走江湖？

她低著頭，不時偷偷轉頭打量高柏堅的俊臉，想到自己剛才做的蠢事，就懊悔得巴不得挖個洞鑽！

「待會到我家放完東西，妳再陪我去趟家具行。」高柏堅微抬下巴，一派悠閒地說。

「啊?!」他又想做什麼？佐樂對高柏堅每次的語出驚人實在既期待又怕受傷害。「對不起，高老師，我們是在搭計程車，您這樣公器私用，我很難跟國科會的總務交代，您想做什麼我是沒意見，但是我手邊也是有些工作要回辦公室處理……」

「工作？我還以為那是只要會動的生物就能做的低等雜務。」

「請你放尊重點，我好歹也有個碩士學位！」

「誰沒有?!」高柏堅橫起眉，理直氣壯。

「……說的也是。」佐樂無話可說，第一時間索性選擇順服。

高柏堅斜著眼，瞄瞄佐樂，現在的她簡直像隻初生小貓瑟縮在一旁，他忍住上揚的嘴角，鬆口：「我知道李其琛派妳來接機，有預算考量。如果真的很讓妳為難，我付帳。」說完，他努力維持著那張撲克臉，帥氣的從皮夾掏出一張紙鈔給佐樂。

原以為佐樂會感動萬分，少女心迸發小鹿亂撞的臣服在他的腳下，然而當佐樂低下頭一看，卻只有滿臉的錯愕。「你是在羞辱我還是整我?!」

高柏堅回神過來，立刻察覺哪裡不對勁。原本這應該是個帥氣的舉動，但當紙鈔上的圖案從小朋友換成女王頭時，就變得極其愚蠢……他剛在機場，怎麼就偏忘了換錢?!

「我還第一次看到有人想拿外幣付計程車錢！你是要我先去趟銀行換匯，再把錢付給司機？還是……」佐樂柳眉一挑，抓住千載難逢的機會反譏：「剛才在機場被你『未婚妻』的美色迷得神魂顛倒、忘記換錢？如果是這樣的話，我可以原諒你唷。」

「STOP！」高柏堅氣得想撕爛她的嘴！他努力保持鎮定，將砲口轉回佐樂身上。「李其琛要妳負責我所有在台灣的食衣住行，沒替我準備好足夠的現金，是妳的問題。」

食、衣、住、行……？佐樂簡直不敢相信自己聽到的。

她忍不住在內心忿忿地咒罵李其琛，這老傢伙為了挖角高柏堅，誇下海口包辦給她的業務量未免也太廣了！莫非是嫌她不夠忙？非得要多一個人使喚她才不寂寞？

人家說踏入新職場的頭一個月是蜜月期，如果今天他機車得這麼令人髮指的程度只是「蜜月期」，那……以後他老大心情不好、或只是心血來潮想整她，她豈不是得像接受大冒險懲罰那樣，大半夜在台北街頭瘋子般尋找燒仙草去冰?!更不用說接送高柏堅往返學校與中研院了，要她跟這表人不眨眼的傢伙朝夕相處……。

真他媽的食衣住行！

「不過有件事我一直想不透。」高柏堅開口。

「幹嘛？」佐樂沒好氣的應聲。

「為什麼是『未婚妻』？」

怎麼好端端的又扯回這個？佐樂開始想跳車了。

「我不懂，到底為什麼會用『未婚妻』當說謊的藉口？」

「我……就是隨便想出來的，ＯＫ？你可不可以放輕鬆點，別深究了好嗎？」要不是眼前這男人是她上司，她根本不想理會！

「那妳有跟別人訂過婚、當過別人的未婚妻嗎？」

「……沒有！」到底還要揪結多久?!佐樂白眼都要翻到後腦勺了。

「所以答案很明顯，要在那麼短的時間內說出一個看似荒謬卻能說服得了人的謊言，只有一個可能——就是妳相信它是真的。于佐樂，」高柏堅那副雙手抱胸、嚴肅看著她分析的表情格外欠揍。「妳就這麼想當我『未婚妻』嗎？」

「高柏堅，你不要太過分！」佐樂脹紅了臉，右手想也不想就巴到高柏堅的左臂上，發出響亮的一記。

「喂！妳還真的出全力？」高柏堅瞪大眼，以前無論他再怎麼難搞，身邊的人對他也是敢怒不敢言，但這小妞卻將他們的主從關係拋到九霄雲外，李其琛不是說她知書達禮溫柔婉約嗎？這野蠻人感覺上就沒念過幾頁書啊！真是太亂來了，李其琛怎能把炸彈放在他的保險箱呢？

糟了……佐樂發誓，她真的不是故意的，但嘴巴上好像被兩片磁扣緊緊封住，無論大腦怎麼發號施令，她的身體就是不想合作，無法吐出道歉的字眼。

「看來是猜得太準，惱羞成怒了？」高柏堅摘下眼鏡，擦了擦鏡片。「既然如此，我就趁現在說清楚。像妳這樣的女人，跟我的理想型差太多了。請妳別再抱持不必要的幻想。」

什麼？佐樂活像被甩了兩計火辣辣的耳光，氣得臉頰又紅又燙！一直以來，她靠著絕美姿色，總是處處得到禮遇、甚至還能因此為李其琛獲得額外的好處，簡直就是一呼百諾的公主。而怎麼才一眨眼工夫，所有的事情突然都不在她的掌控中？她不過就是在機場，對高柏堅有那麼幾分鐘的一見鍾情，這滿腹洋墨水的怪大叔有必要把這件事一而再再而三的無限上綱，還句句往死裡說嗎?!重點是，她竟然還得替這種人做牛做馬，人生怎麼這麼難?!

這筆帳她記牢了，下次有機會，她一定會討回來！

※

傳說中研院臥虎藏龍，不僅各領域不乏多才多藝的各路高手，更由於經常舉辦研討會，總是有一批老饕級的行政人員委外包辦餐點，美食饗宴向來就是家常便飯。

李其琛自從當上T大管理學院院長以後，和各大研究機關往來甚密，縱使他老是抱怨外務太多讓學術地位岌岌可危，但秉持著管院與人為善的精神，李其琛出席學術類公開場合就像參加時尚派對一樣熱衷，並且攜帶研究助理輪番上陣。

李其琛名下的助理有二位，一是企管系系花程昶曦，職屬兼任助理，昶曦擔任李其琛哪一門課的隨堂助教，那門課就會讓大學部男生趨之若鶩、搶個頭破血流；另一位就是專任助理，于佐樂。

佐樂與昶曦的姿色不分上下，身上所散發出的氣息卻南轅北轍。昶曦待人親和嫻淑，有助聲望，適合對下；佐樂處事俐落精明有助交涉，適合對上。因此每回參加研討會，李其琛攜伴的不二人選自然是佐樂。

不過，這回李其琛投資了大筆經費，三催四請的，好不容易才把高柏堅給請回台灣，這麼重要的人物自然怠慢不得，他只能忍痛把自己最得力的助手「獻」給高柏堅，自己退而求其次，帶著昶曦隨行到會場。

昶曦身著一襲純白色小洋裝，伴在李其琛身旁，簡直羨煞了其他學者。但他在會場只是東張西望，心上盤著懸念。

「這邊人太多，妳看到佐樂了沒？」李其琛側頭詢問昶曦，心不在焉。

「沒有耶，佐樂姐今天早上給高老師接機，請假沒進辦公室……」昶曦輕嘆，也是憂心忡忡。「下午打過她手機，也沒有接……」

「再打！」李其琛焦慮得坐立難安。「真是的！平時來去一陣風隨傳隨到，我看了都嫌她煩，怎麼今天這麼重要的時刻，連個鬼影子都沒看到？……怎麼樣？打通了沒？」

「呃……」昶曦手機還貼在耳邊，一臉為難地望著李其琛，水汪汪的眼睛彷彿隨時會滾出眼淚。

「好好好，」對淚眼婆娑完全沒轍的李其琛只好放軟口氣。「到底怎麼樣？打不通是不是？」

「電話……被轉到語音信箱了……」昶曦細弱的聲音在顫抖。「老師，你別生氣，佐樂姐這麼有責任感，應該只是出了什麼意外，我們再等等看！」

「意外也不行！」李其琛氣炸了。「我數到三，要是再不給我出現……」

「老師！」

高跟鞋的聲音輕盈地在地板上盪出聲響，佐樂穿著一襲黑色晚禮服、還盤起長長的捲髮，笑吟吟地走到李其琛面前。

「佐樂姐，妳終於來了，要是妳再不——」

昶曦喜出望外正想寒暄，佐樂卻比了個噤聲手勢，對她眨眨眼。

「高老師，李其琛老師已經等候您多時了。」佐樂轉身，對高柏堅巧笑倩兮。「很榮幸能邀請到您一起參與這次的研究計畫，預祝未來能夠順利。」

等等，這是剛才那個和他唇槍舌劍、嗆得不可開交的女人嗎？

高柏堅回想起不久前的下午時段，原以為一路上強迫她陪他買家具寢具、辦公室各大小用品、還外加一些換鈔開戶的瑣碎任務，足以讓她耗盡心力，殊不知，當他們最後為了今晚的宴會治裝而來到百貨公司，佐樂一走到設計師時裝專櫃，竟還有餘力一連試穿二十套晚禮服，怎麼催她都聞風不動，更別提搭計程車趕來中研院的一路上，她將妝容卸掉重畫、在他面前大剌剌地以廬山真面目示人，儼然是對他男性威權與魅力的絕對藐視。

「高老師您好，久仰大名了。」李其琛走上前，給高柏堅一個熱情的笑容。

「你好。」受寵若驚的高柏堅這會倒是淡然，佐樂說變就變的行徑著實嚇著了他。

這時，高柏堅才有空與昶曦四目相交。

「這位也是你的研究助理？」高柏堅問。

「她是我的兼任助理——程昶曦，是T大企管系的畢業生。」李其琛說：「另外一位，也就是今天接待您的于佐樂，碩士畢業後就一直擔任我的專任助理了，是我最得力的助手。未來的研究計畫，她將會全權協助你。」

「高老師，請多指教。」佐樂瞇起眼笑，彎腰稍微鞠了躬，低胸領口內的輪廓陰影險些讓高柏堅噴鼻血。

他不介意李其琛把研究助理雇來當花瓶，處處給研究院那些不食人間煙火的阿宅一些視覺上的好處，他只介意——為什麼李其琛與他無冤無仇，居然要欺騙他的感情？

明明另一個助理才是貨真價實的溫柔天使心，李其琛就硬要配給他這個不打不相識的于佐樂？感覺真是出師不利。

這場學術盛會的開場上，李其琛簡潔地致詞，緊接著就邀請高柏堅上台。

披上西裝外套的高柏堅，加上眉宇間流露出的自信，讓他瘦弱的身型都筆挺起來，從容不迫地走到舞台上。

「經濟學之父 Adam Smith，基於人類的自利心，創造了資本主義這個強大的世界，然而，在這個弱肉強食的都市叢林中，人類被金錢遊戲給迷惑了，這個世界是一個潘朵拉的盒子，有貪婪、慾望、嫉妒、仇恨、背叛、自私……」

佐樂雙手抱胸，望著台上的高柏堅，眼底閃爍著神祕的光芒。

她目不轉睛。

「……我知道在場的各位，對這項研究計畫期望很高，這裡我就不再浪費時間畫餅了。有些實話我想先說個清楚，目前李老師提出的假說還有很多漏洞，採用的儀器也稍嫌簡陋與過時，不過，只要有我在，這些都不會成為落實研究計畫的阻礙，請各位毋需擔心。」

假說有漏洞？簡陋？過時？只見台下一堆專家學者紛紛交頭接耳，想確認剛才是不是聽錯了高柏堅使用的形容詞，竊竊私語的聲音此起彼落。

高柏堅對台下一時意會不過來的專家學者們敬禮之餘，還不忘挑挑眉，像個惡作劇的孩子。

佐樂朝身旁一睨，見李其琛顯得有些不自在。

「佐樂姐，」昶曦推推佐樂的手肘，不太確定地問：「高老師……是在拐個彎……罵老師嗎？還是，他剛從國外回來，一時用錯了中文詞彙……？」

「不是。」人在吵架時會使用自己最熟悉的語言，不久前才跟高柏堅吵過架的佐樂很清楚，伶牙俐齒的高柏堅不可能犯這種錯誤。

他分明是故意的！

「佐樂姐，Peace，以後妳還要當高老師的助理，一定要忍住啊！」昶曦熟知佐樂的個性，被欺負了就一定要報復回來，而且勢必殺人於無形，正想好好勸說，然而，當昶曦一轉頭。「……咦？人呢？」

眼見高柏堅下台，佐樂到自助吧取了兩杯香檳，一雙美腿踏著優雅的節奏快步迎上去。

「什麼事？」高柏堅不知道她想做什麼。

「我聽了高老師的演講，很感動、也很崇拜，所以想約高老師跳支舞，另外也為今天早上的出言不遜跟你賠罪。」佐樂舉起香檳。「敬高老師一杯，預祝未來合作能夠順利。」

「謝謝。」高柏堅接過杯子，輕擊佐樂的玻璃杯，只見她的大眼睛都笑彎了，他不禁竊喜，大概是自己太高估她了，不過就是個二十幾歲的小女孩，這麼快就被他的幾句美言收服。

宴會樂聲驟變，響起了〈Carmen〉的前奏。

「啊～我好喜歡這首歌，高老師，跟我跳一支 Tango 吧？」高柏堅聽到佐樂在他耳邊說著。

「這……」他不確定該不該答應。

「高老師，這是我第一次邀男生跳舞。雖然，我似乎跟您的理想型差很遠，但在這個場合，應該不至於讓您丟臉。」說完，佐樂風情萬種的露齒一笑。

高柏堅作了個邀請的手勢，佐樂右手緊握高柏堅的手掌心，高柏堅胳臂攬住佐樂的纖腰，無意間觸著了她細緻嫩白的背部，她羞澀一笑，高柏堅愣了愣，居然不爭氣地起了生理反應。

為了轉移注意力，他鬆口稱讚她：「跳得不錯。」

其實何止不錯？論舞姿、身段、眼色，兩人共舞可說是無懈可擊，高柏堅領著舞，佐樂一踩一踏都流暢迷人，沒有絲毫差錯。

「是您帶得好。」佐樂踩踏舞步，貼近高柏堅的胸膛，又隨即拉開距離，她嫵媚的笑容映入高柏堅眼簾。「其實，我也有個問題想問高老師。」

「什麼問題？」也許是酒精、燈光、音樂，又或者是被那雙清靈的眼睛這麼望著，高柏堅竟有那麼一秒鐘感到暈眩。

「我，跟高老師的理想對象相比，真的差這麼多嗎？我想知道，我哪裡不夠好。」

高柏堅失笑，她糾結一整晚的就是這個？

「妳真想知道？」

看佐樂認真點頭的樣子，高柏堅竟覺得她傻氣得可愛。

「妳並不是不夠好，只是……」她會說謊，而高柏堅最忌諱的就是說謊的女人。他不知道該從何解釋起他的這片逆鱗從何而來，他也不確定她想聽以及適合聽，只好打住。

「也沒什麼，繼續跳舞吧！」

他們一圈又一圈地舞動著，踏著意外合拍的舞步，甚至有那麼一瞬間，高柏堅覺得他們眼中都只有彼此。這是多久沒有過的感覺？高柏堅察覺他們的距離已經超越上司和下屬該有的情愫，但在酒精的催化下，他既陶醉又盡興，無暇多想。

最後，他們離開眾人群聚的會場中央，在露台眺望城市的夜景。

「高老師，你相信命運嗎？」佐樂在他耳邊問。

「命運？」高柏堅一頓，發現自己的反應有些遲滯。

「今天，我們在機場用那種方式遇見，你不覺得命運會這樣安排，好像在暗示著什麼嗎？」

對命運安排之說，高柏堅向來嗤之以鼻。打從第一次見到這女人，他就覺得她掛在嘴上的「命中註定」是小女孩不切實際的幻想。可現在，他卻不想駁斥她了。也許，是因為今天返鄉，空氣太溫暖夜色太美；或者，是她的眼睛太明亮；也可能，是那該死的香水味干擾著他思考……。

高柏堅腦袋一片混亂之際，一直凝視著他的佐樂，眼淚突然簌簌地掉下來。

「高老師，你怎麼可以這樣對我……」

這次又怎麼了？他對局勢的豬羊變色有了不祥預感。

「你的手……」佐樂繼續哭泣。「雖然我很喜歡高老師，但是你怎麼可以這樣……」

他低頭一看，自己的手不知為何，居然伏貼在佐樂的胸前！

緊接著，是一道細碎的快門聲。

等他回過神來，佐樂已經擦乾眼淚、笑咪咪地將手機收回晚宴包。

「妳剛才……拍了什麼？」高柏堅從沒有這麼膽怯過。

「我不知道高老師這麼喜歡我，所以跟你拍照留個念。今晚回家再把照片寄到你信箱。」佐樂收起笑容，附在高柏堅耳畔低語：「看得出來，你被叫回台灣是心不甘情不願……不過，要是你想反悔、想一走了之，我就把這張照片公開，讓你吃不完兜著走！」

這女人簡直是蛇蠍……不對，用蛇蠍這種肉身的生物形容她還嫌太低估，她根本就是個惡魔！

※

縱使身為今晚這盛會的主角，吃了一記悶棍的高柏堅，心情好不到哪去，在與眾家學者寒暄之餘，只能一股勁地喝起悶酒。

「高老師，喝慢一點啊……哇！好酒量，哈哈哈哈哈！」

事實上，他並不是酒量好，相反地他曾經苦練於此道，但每回都只能當個爛泥般的屍體收場，今晚單純是憑藉著超人意志力獨撐大局，讓他不至於出糗……只不過……這量也已經超過意志力所能負荷的範圍。相反地，佐樂這頭可是如魚得水。

「佐樂姐，天啊，妳真的超强耶！」昶曦見佐樂各種調酒一杯接著一杯，對她不停歇的好酒量嘖嘖稱奇，這可不是拍影片，不能剪接的。

「又沒什麼，有點酒量，在外才不會被欺負啊。」佐樂將高腳杯放在餐桌上，伸手又取來一塊泡芙入口。「今天我心情好，輕鬆收服了高柏堅那難纏的大叔。」

「真的？他看起來就很難搞……」昶曦好奇。「妳是怎麼收服的？」

「祕密。」佐樂纖長的食指擺上唇間，眨眨眼。

「欸可是，佐樂姐……」昶曦的視線移到佐樂身後。「高老師他……」

「啊？」

頓時，佐樂感覺右肩冷不防有一股沉重的壓力，她嚇得回頭，發現搭著她肩膀的，竟是高柏堅的手！只見高柏堅眼神渙散、百般艱難地挺住整個身軀。

「帶我走……」

什麼帶我走？這傢伙吃錯什麼藥，居然講出這麼驚人的用字遣詞，教別人聽見了怎麼辦？她還要不要清白啊？

「怎麼？」佐樂隱約嗅到濃濃的酒氣撲鼻。

還沒聽見回答，想不到高柏堅的死魚眼就這麼不由分說地一閉，整個頭倒在佐樂光滑稚嫩的後頸。

「喂喂……高、高老師？」她被這突如其來的觸覺嚇得聳起肩。

「快點，帶我離開這……」他繼續在她耳邊說話，讓她忍不住心跳加速。

「呃，昶曦……」她一邊攙起高柏堅，一邊說：「高老師他肝臟有點不大舒服，我先送他去醫院！」

「肝臟？」昶曦一頭霧水。

「事態緊急，我先帶他走，妳跟老師說一下！」佐樂面色凝重。「麻煩妳了！」

「好……」

佐樂拽起高柏堅，快步朝宴會出入口走，一離開會場便不計形象地直奔館外樓梯間，等她確定四下無人，才把高柏堅放在階梯上。

「喂，你還好吧？」她握住他的肩膀一陣猛搖。「高柏堅！」

「妳真是說謊不打草稿。」他搖頭晃腦，全身彷彿失去了骨幹，卻還不忘將她一軍。

「我頭好暈……」

「還有力氣酸我！」佐樂放開手，在高柏堅身旁坐下來。「看來酒喝得還不夠多嘛！」

「肝臟又沒有神經，妳有沒有腦袋啊……」高柏堅冷冷地說：「這像是有碩士學位的人會說的蠢話嗎？妳這麼一說，李其琛不就知道我喝醉了？」

「你想太多了吧，再說喝酒傷肝，我這樣哪算是說謊？是替你找台階下耶，怪我囉？」佐樂面色微慍。

「我喝太多了，妳別介意……」他說起話有些中氣不足。

真是的，想說對不起或謝謝就說嘛，她又不會笑他。這男人，自尊心會不會太強了？酒量差就算了，連酒品也不怎麼樣。

「那你現在怎麼辦？要休息一下再進去嗎？」

「不要，我要回……回家……」高柏堅肩膀一歪，失去知覺倒在佐樂背上。

任性妄為，罪加一等！再說，雖然她于佐樂常常在夜店打混、造就不少次「喝掛男傳奇」，但他是她上司欸，不過是邀他跳支舞、喝杯香檳助興，她可沒心生歹念要他躺直，怎麼幾杯黃湯下肚就往她身上倒？還她清白啊！

佐樂費了九牛二虎之力，終於將高柏堅拖到中研院大門，再搭上計程車往高柏堅住宅駛去。她向來認路功力不佳，誰知道他居然還有這招，喝個爛醉喊也喊不醒，偏偏她也忘了記門牌，只好循著薄弱的記憶走，在羊腸深巷繞了九拐十八彎，眼睜睜看著車資漸漸往上跳，跳得她荷包都在淌血……。

「應該是這裡了……」佐樂付完車資，發現皮夾空空如也，更可怕的是她發現自己忘了帶提款卡！到底招誰惹誰了？

她拖著高柏堅下車，在他那身西裝外套裡搜索家門鑰匙。

「謝謝……」高柏堅發出低沉的嗓音，掏出鑰匙在她眼前一晃。

怪了，剛才問他路怎麼走都沒反應，這會倒是說出一句人話……幹嘛不早點回神啊？這個天殺的賠錢貨！佐樂暗暗怒罵。

佐樂打開門，將高柏堅扶到客廳沙發上。

家中未拆封的紙箱子堆積如山，佐樂無奈地從今天下午買的寢具中抱出一席小毛毯，隨手朝高柏堅一丟，應聲落到他臉上，他悶哼一聲，眼閉著隨手一拉，泰半毯子滑落地面。

看了半晌，佐樂走上前將毛毯展開，細心地蓋在高柏堅身上，他抓著被子一角，翻了個身安穩入睡。

「一把年紀了還真像小鬼……」佐樂噗哧一笑。

這可怎麼辦呢？現在身無分文，公車也早就沒了，她該如何是好？佐樂環顧四周，才動起歪腦筋，視線卻停留在矮櫃上的一只相框上。

新居家徒四壁，那突兀的相框顯得格外顯眼。

裡頭框著一張合照，她走近一瞧，照片中的男人自然是高柏堅，那是張甜死人不償命的婚紗照。

結婚了啊……新娘看起來既美麗又知性，果然可以稱作理想型。

佐樂竟然有些失望。

但排山倒海的好奇心隨即蓋過落寞，女主人去哪了？怎麼不記得他手上有婚戒？她轉頭望著高柏堅沉睡的臉龐，腦海中盤旋好幾個問號。

李其琛爽朗大笑。「那我反問您，您跟佐樂相處了兩天，覺得她如何？」

「陰險狡猾、傲慢無禮、謊話連篇！」

高柏堅斬釘截鐵，想到幾個回合下來他兵敗如山倒就渾身不舒服。

「哎呀，您怎麼說得這麼對呢？呵呵呵。」李其琛笑著回答。

這是什麼反應？他還以為李其琛會驚訝無比，一切完全超出他的預料。

Chapter 2

諜對諜

純白色系的教堂，雖是歡樂喧鬧的氛圍，卻也有股超然的靜謐。

小提琴弦音在屋內迂迴旋繞。

高柏堅意識逐漸清醒，紅毯彼端站著一道身影，只見到一襲純白色婚紗，裙擺拉得好長。

那人是誰？

新娘的蓋頭罩得牢實，高柏堅怎麼聚焦，也看不清她的臉。

「采珊？」他試著叫，不是很確定。

對方平靜地佇立，沒有回應。

「過來。」高柏堅說。

「過來。」新娘也這麼說。

高柏堅想上前，腳卻像生了根動也動不了。新娘似乎也沒有要走來的意思，就這樣，兩人各據在紅毯的頭與尾，無動於衷。

不對勁，高柏堅本能地產生懷疑。

這是夢。

他很快意識到這虛華不實的布景是一場騙局。身為心理學家，再加上強而有力的自我潛意識，他試過許多控制夢境的方法，這難不倒他。

經過合理的懷疑，他穩住情緒，發現新娘走了過來，直到他跟前，溫柔地撫摸與擁抱。

這是他離婚以後，再也沒有過的溫暖觸覺。

「再見。」是程采珊的聲音，他認出來。

「采珊！」他情緒激動，手勁一個用力，睜開了眼睛。

高柏堅從沙發上醒來，毛毯滑到地板讓他感到一陣涼意，他一起身，立刻感到頭暈目眩，撿起毛毯蓋回身上，才發現茶几上擺著一顆藥丸，一杯水，杯子下還壓了張紙條。

「止痛藥解宿醉，新辦公室在H704。

P．S．上班記得收 E-mail。」

高柏堅一邊拿著紙條反覆閱讀，一邊忍不住回想起撫摸他的那雙手……昨夜半睡半醒他什麼都想不起來！難道那個人是于佐樂？

他看著桌上的止痛藥，忍不住笑得心神蕩漾。沒想到這女人嘴上壞，實際上倒是蠻貼心的嘛！感覺良好的高柏堅吃了藥，拿起杯子喝水。

「噗！」水才入喉，他直覺得消毒水味充斥得一陣噁心，連忙將水吐回杯中。

自來水?!

這女人到底有沒有生活常識？竟然倒自來水給他！

不對，她一定是故意的！高柏堅立刻將適才不當的揣測拋諸九霄雲外，那個笑裡藏刀的女人，連他犯宿醉也要出招對付他，果然最毒婦人心。

基於全身不聽使喚，讓他下不了床，高柏堅只好捏著鼻子喝水把藥給服了，沒過一會他便覺得舒緩許多，從行李箱翻出衣物換洗，準備出門。

※

H704辦公室內，佐樂翹著腳在自己的新位置上塗指甲油，並動口不動手地支使一個大男孩組裝桌上型電腦。

雷憲之一臉疲態地打呵欠，兩眼無神盯著螢幕安裝軟體。

打從凌晨兩點，接了一通不該接的奪命連環 call 後，雷憲之就再也不得安寧，讓他線上遊戲打到一半的副本◆滅了團，又要他從新店騎將近一個鐘頭的車殺到台北市，還必須將這女人從不曉得哪位苦主的家給「拯救」出來，搞到凌晨四點才能回家躺直。

結果，才睡沒兩個鐘頭又把他召喚到學校裝電腦，誰來告訴他這是哪招啊?!

「憲憲，裝好了沒？快點去幫我買早餐！」佐樂催促著，一邊朝剛上好色的指甲不斷吹氣。

「等一下啦！我才剛裝好 Office，還沒找到破解檔……」

「要破解檔幹嘛？你就讓高柏堅用試用版就好了啊，管他那麼多。」佐樂惡狠狠地說：「快點啦！我都快餓死了你還慢吞吞！等一下708的儀器就要送過來了。」

「蛤?!還有喔？」雷憲之當場傻了眼。「不要啊……我想回家睡覺……」

「欸，你廢話怎麼這麼多啊？我只睡一個小時都沒在抱怨了。」佐樂走到雷憲之身後，使出了殺手鐧：「你如果再拖拖拉拉，等下祖曦來上班，我就……」

◆副本：線上遊戲專用術語，指遊戲內的特別任務，需由多人玩家組合進行。

「好啦，我現在就去買。」

「乖！」佐樂眉開眼笑，拍拍雷憲之的頭頂，回到自己的位置。

身為僕人的宿命就是為虎作倀，雷憲之認了，誰叫他這麼不巧落了個把柄在這惡魔手上，整天頤指氣使的，逼他做這做那使命必達。

雷憲之才離開Ｈ７０４不一會，高柏堅就來了。

一進門，佐樂就笑嘻嘻地打招呼：「早安！」

「喔，早……」高柏堅低下視線一瞥，佐樂那件短得幾乎只蓋得了臀部的連身迷你裙下，那雙美腿居然還穿了薄透的黑絲襪，膚色若隱若現。

要死了！李其琛到底在打什麼歪主意啊？

高柏堅慌忙抬高視線，對上佐樂的雙眼。

「高老師，你的位置在裡面。」此刻她雖然笑臉迎人，卻彷彿看穿他的心事。「實驗室就在這邊走廊走到底的Ｈ７０８，待會儀器送到那後會有電話通知，我再過去整理。」

「好，我知道了。」高柏堅脫下風衣，將公事包擺在大桌子上，坐在旋轉椅上疲倦地揉了揉眉心。

「還在宿醉嗎？」正在用電腦的佐樂抬起頭。

「好多了，謝謝妳的止痛藥。」高柏堅備感窩心。

氣氛一片祥和，直到急促的腳步聲攪亂一池春水，雷憲之在門口停駐。

「同學，什麼事？」高柏堅先看見他。

「呃……老師不好意思，我來拿東西給她。」雷憲之畏首畏尾地指著佐樂。「欸，早餐來了。」

「謝謝！」佐樂轉頭，看見食物的她笑得嫣然，這一幕不偏不倚地烙印在高柏堅心中。

「那，我先走了。」任務達成的雷憲之說：「掰掰～」

交男朋友了啊……

發現自己惆悵，高柏堅感到有些好笑。

轉念一想，再怎麼說，年紀輕輕姿態婀娜，心機重城府深，昨晚連他自己都差點著了這女魔頭的道，于佐樂會沒有男朋友才奇怪。

色即是空，空即是色。

阿彌陀佛……。

高柏堅雙手合十，對著電腦螢幕發呆，想起今早留在茶几上的字條，回過神打開視窗收信。

歷經了英國台灣的長途飛行、再加上昨天折騰了整晚，高柏堅的電子信箱塞滿信件，他不由自主地在一大片 Mail 海中尋找佐樂的名字……。

有了！

他按下滑鼠一看，未經壓縮的斗大照片映入眼簾！裡頭正是昨晚被佐樂設計拍下的「仙人跳」！他屏氣凝神，耐著性子再將視窗往下拉。

「轉寄給壹週刊和蘋果日報，

請按〔確定〕〔取消〕。」

「妳……」忍無可忍的高柏堅終於勃然大怒，他氣得走到佐樂面前，卻一句話也說不出來。

「我？怎麼啦？」佐樂抬起頭，一臉無辜地燦笑。

「妳不要太過分了！」高柏堅滿臉通紅，氣得簡直想把眼前這張笑容甜美的臉蛋殺人滅口！

「啊？這就叫過分？你不是心理學家嗎？」佐樂聳聳肩，一雙水蔚雙眸眨了眨。最後，她收起笑容。「高老師，別搞錯了，這叫兵不厭詐！」

※

身為上司，高柏堅實在不想以牙還牙來重振自己威風。但是，這玩笑未免也開太大，搞得他現在草木皆兵、神經兮兮，連佐樂中午買給他的便當都只敢晾在桌上，深怕那不是爆裂物、就是被下毒。

高柏堅瞪著距離他三公尺的便當盒，繞著桌子踱步。

冷靜！

真是夠了，為了防這小妞，搞得人不像人鬼不像鬼！高柏堅停下腳步，摸下巴沉思。

如果真要弄走她，經過正當程序才有身為雇主的威嚴，免得被搞垮還轉頭反咬他一口！

一陣敲門聲中斷他的思緒。

「高老師。」

高柏堅回頭一看，來人正是將他生活帶入一團混亂的始作俑者，李其琛。

「噢，是李老師啊？怎麼了？」

「沒有，我剛遇到佐樂，這貼心的女孩子幫你買便當的時候，也幫我買了一個，我想說就找你來聊聊，討論看看我們實驗設計該如何進行。」李其琛熱情地說。

「呃，其實，我在英國待很多年，沒有在吃便當的習慣。」

要命，把毒藥放在他門口就夠駭人了，現在還多了個要扯開他嘴巴的幫兇，這棟管院的人是不是非得要整垮他才心滿意足？有病啊真是。

「喲，那怎麼行？」李其琛瞪大眼，又擺出老頭子碎念姿態：「高老師，你身為研究人應該知道，健康的身體是最重要的。英國人早餐吃飽午餐潦草晚餐吃好，這是最可怕的飲食方式！人都回台灣了，你就別再吃些什麼三明治了，很不健康的！」

高柏堅見盛情難卻，只好半推半就坐了下來。也是，于佐樂應該是不會用這麼潦草又陽春的下毒法整人，是他太多心了……然而，他才一打開便當，卻發現裡頭的菜色似乎有些不對勁。

他皺起眉，邊想邊打開筷子吃了幾口，便看見對面的李其琛津津有味咬著一隻炸得酥脆的雞腿……。

高柏堅這才恍然大悟，放下了筷子。

「嗯？」李其琛還在享受著美食，無暇多言。

「這便當裡，是不是應該要有雞腿？」

一個便當怎麼沒有主菜？

別人是不斷抱怨沒鞋穿，直到看見沒有腳的人。

那他，不就是看見別人有鞋穿，才發現自己沒有腳？

這後知後覺讓高柏堅感到丟臉至極，一想到這肯定是佐樂搞的鬼，他又怒得不可開交。

「是啊！」李其琛探頭一看。「怪了，我的有啊！大概是老闆搞錯，放到別的便當裡了吧？」

「是啊，不知是誰今天這麼『幸運』？」高柏堅冷冷地說。

H701研究室，午休偷得清閒的佐樂和昶曦正準備進餐，雷憲之就賊頭賊腦地進來。

「欸？憲憲，午安！」昶曦親切地打招呼。

「哈囉！」

「你來幹嘛？」佐樂又擺出居高臨下的公主態勢。

「來吃午餐啊！」雷憲之拉張椅子坐下來，將自製便當打開。

「你又自己帶便當啊？」昶曦起了興趣。「好賢慧～」

為了接近昶曦，雷憲之不計血本地研究美食烹調，就是為了打發佐樂這老饕，滿足她的口腹之慾，以換得中午獨自與昶曦一起進餐的短暫時光。但佐樂這電燈泡即使加了菜，還是會厚顏無恥地繼續當個發光發熱的電燈泡，甚至聲稱讓他與她們用餐已經是最大的讓步。

「今天做了什麼？」佐樂賊兮兮地探頭看向雷憲之的便當，發現裡面有酥脆的炸蝦，便不客氣地挾走一隻。

「喂，我都還沒吃……」雷憲之抱怨。

「看起來很好吃的樣子耶！」昶曦稱讚。

「妳也拿一隻吧！」雷憲之不好意思地搔頭。

「謝謝～」昶曦笑得甜美。

「欸，怎麼沒有醬汁？」佐樂咬了一口，又不懷好意地瞇起眼。

「請不要作這麼過分的請求……」雷憲之瞪了她一眼。

「看在你今天幫我打掃實驗室的份上，不跟你計較這麼多了。」佐樂挾了隻雞腿放到雷憲之的便當。「來，姐姐賞你一隻雞腿。」

「這該不會有毒吧……」嗅到不尋常氣氛的雷憲之感到懷疑。

「什麼有毒?!」佐樂一個巴掌賞到雷憲之的後腦勺。「你不要不識好歹好不好，不知道為什麼，今天便當裡居然有兩隻雞腿，反正我吃不下，就給你囉。」

「好 Lucky 喔！」昶曦十分羨慕。

「對啊，而且施比受更有福，我今天終於體會到了！」佐樂心情愉悦地咬著炸蝦。

「哼，是嗎……」雷憲之冷笑。

※

高柏堅鬆了鬆襯衫領口，瞪著天花板調勻氣息。他有好多好多疑惑百思不得其解，想在李其琛那打探個清楚。

「呃，李老師，我想問你一個問題。」

「嗯？」李其琛瞪大眼睛的模樣十分滑稽，他左手一攤。「您的問題就是我的問題，幹嘛還這麼客氣呢？請問。」

「該怎麼說……您覺得，于佐樂是個什麼樣的人？」問題才出口，他就有些後悔，慌忙修飾。「我是說，你覺得于佐樂為什麼能勝任我的助理？她到底有什麼能力值得你大力推薦？」

「哦～您是問這個啊？」李其琛古怪地笑了笑。「她什麼專業都沒有。」

什麼都沒有。這老頭終於說出句像樣的人話。

「那你為什麼……」高柏堅更不解。

「我是開玩笑的，高老師，您太認真了。」李其琛爽朗大笑。「那我反問您，您跟佐樂相處了兩天，覺得她如何？」

「陰險狡猾、傲慢無禮、謊話連篇！」高柏堅斬釘截鐵，想到幾個回合下來他兵敗如山倒就渾身不舒服。

「哎呀，您怎麼說得這麼對呢？呵呵呵。」李其琛笑著回答。

這是什麼反應？他還以為李其琛會驚訝無比，一切完全超出他的預料。

「這女孩子呢，年紀輕輕，處理事情卻有條有理，您交待她什麼事，她絕對不會說不，也絕對不會搞砸，因為她可以不擇手段地達成，而且成事絕對漂亮有效率。至於您說的陰險狡猾、謊話連篇，那些都沒有錯。您可以不喜歡，但都是她的優點。」李其琛湊近高柏堅，壓低音量：「高老師，我包準您覺得物超所值。」

「但是，要達到目的的方法有很多種，為什麼非得要……」說謊。高柏堅打住。

「哎呀，別這麼死腦筋，反正這只是工作，人家又不是要欺騙誰的感情。高老師，您別這麼緊張嘛！」李其琛拍拍他的肩膀，順手拿了紙杯倒了保溫壺中的咖啡，咖啡才入喉，李其琛突然臉色發白地壓著胸口，喘不過氣來，「啊……」

「李老師？怎麼了?!」

李其琛失去意識地倒在地上。

事有蹊蹺，高柏堅看著「案發現場」，皺著眉頭拿起咖啡盯著，他嗅了嗅，輕輕嚐了一口。

鹹的？這咖啡莫非……加了鹽？

「于佐樂！」

不可原諒！高柏堅右手緊緊地握拳，連忙打電話叫救護車，爾後，又衝出研究室，在七樓長廊一間間地打開，直到他打開H701的門找到佐樂，再看見她手上那隻雞腿，更是憤恨交加，不分青紅皂白地將她拽出來。

「好痛，你放手！」佐樂一頭霧水，急欲掙脫高柏堅的拉扯。

「妳要怎麼整我可以，但是，玩笑為什麼開到李其琛的頭上？」

「你在說什麼？我聽不懂啦！」佐樂真的不知道，不過是一張照片，她又不會真的拿去水果日報爆料，他怎麼反應這麼大？

「妳泡給我的咖啡——」高柏堅思緒渾沌，有些語無倫次。

「什麼咖啡？新實驗室的事情那麼多，誰有空幫你泡咖啡？」佐樂說，「你先放開我好不好，我手都快斷了……」

「妳知不知道李老師剛才喝了那杯咖啡就休克?!」

佐樂先是一頓，腎上腺素激發了龐大怪力甩開高柏堅，連忙衝出H701。

「咖啡？」昶曦嚇得花容失色。「咖啡，是我泡給老師的……」

有那麼一秒，高柏堅懊悔自己太武斷，錯怪了佐樂，但眼前的情勢不允許他多想，趕忙偕同昶曦趕往H704，只見佐樂正對著倒在地上的李其琛拍打呼喊。

「老師？老師？醒醒！」她思索著。「到底怎麼了，該不會……」

趕來的昶曦一見到李其琛昏倒的身軀，立刻焦慮地糾結起來。「佐樂姐，對不起……我，我真的不知道會這樣……」

「先別說這些，快點打電話叫——」

「救護車已經叫了。」高柏堅走了進來。

「謝謝……」佐樂對高柏堅投向感激的眼神。「老師平時常去的醫院是——」

「T大醫院，我從他手機的行事曆找到了。」高柏堅像個偵探，揚起李其琛的手機。

「太好了！」佐樂鬆了口氣，暗暗感激高柏堅的敏銳。「現在只剩……」

「他的主治醫師叫什麼名字？」高柏堅又很有默契地接話，帶著佐樂跳向緊急處理SOP的下一步，他也暗暗佩服佐樂，年紀輕輕竟然能臨危不亂處理各種突發狀況。

佐樂頓一頓，想起：「昶曦，老師的門診預約都是你在處理的，老師平常看的心臟科醫師叫什麼……」

「佐樂姐……是我害老師心臟病發的嗎？」但此刻昶曦的臉色早已慘白，全身都還在顫抖，根本無法冷靜下來。

「現在不是自責的時候，妳快點告訴我，醫生的名字是什麼?!」

「我……我現在，什麼都想不起來……」顯然昶曦完全失去理智。

「程昶曦，妳給我認真一點想！」佐樂扯開嗓門威嚇，氣勢逼人的大眼睛，讓在場所有人不寒而慄，她高舉右手，眼看巴掌就要落下。

「等一下！」雷憲之衝進來，一副刀下留人的大俠樣貌道出正解，及時拯救心愛的昶曦：「醫生叫穆佑文！」

「喲！你早點說不就得了？」佐樂很滿意她自導自演的這齣英雄救美，主角一向對她而言沒什麼吸引力，倒是反派演得樂趣橫生。「謝啦，憲憲！」

這女人腦子究竟都裝些什麼，怎麼隨時都能即興演出，而且如此不擇手段？為什麼李其琛會選擇佐樂擔任他的助理，而不選程昶曦，高柏堅有點明白了……。

「哦，原來我在你心目中，是有男朋友還會和別人單獨出來的那種人？」

佐樂優雅地將問題駁回，輕輕一笑。

「妳都用『那種人』來形容她們，

那妳應該知道，我只對妳『這種人』有興趣的。」穆佑文淺淺一笑。

「你有興趣是因為……我是這種人，還是因為我不是那種人？」

「我有興趣是因為……這種人是妳。」

Chapter 3

冤家路窄

心臟外科，佐樂和高柏堅兩人面對面，坐在加護病房外的長椅上。兩人憂心忡忡，彼此對看的眼神仍充滿肅殺之氣。

身著白袍的醫師，穆佑文從病房中走出來，佐樂這才有暇看見醫生的正臉。穆佑文看起來才三十歲出頭，乾淨斯文的五官、天生的眼袋顯得相當有魅力，一個人畜無害的親切微笑，想必就足以迷死整棟醫院的女性同胞。

「醫生，怎麼樣了？」佐樂站起身。

「妳是舅舅的助理嗎？」穆佑文笑得瞇起眼，朝她走近一步。

「舅舅?!」佐樂訝異。

「嗯，我是李其琛的外甥，妳好，我是穆佑文。」穆佑文晃了晃自己胸前繡的名字，盯著佐樂打量，沒打算切入正題。

「呃，穆醫師，李老師現在狀況怎樣？」高柏堅皺起眉，也站起來，身高高穆佑文一個頭的他表情不太友善。「有沒有危險？」

「這是？」

「喔，他是李老師邀請來一起合作研究計畫的院士，高老師。」佐樂說。

「我是誰不重要，李老師到底怎麼樣了？」高柏堅涼涼地插嘴。「李老師如果身體狀況不佳，研究計畫執行上會有很多困難……」

「別急，病人已經沒事了，目前研判應該是最近早晚溫差太大所造成的心肌梗塞，另外，舅舅很任性，他常常覺得沒什麼大不了，吃起東西就不忌口，我白天在醫院、晚上和舅舅也沒有住在一起，請一定要特別注意他的飲食。」穆佑文說。

高柏堅雙手插著口袋，觀察穆佑文，不以為然地挑挑眉，默不作聲。

「好，謝謝。」佐樂說。

「晚點我會送舅舅回去，我想學校也有很多事情要忙吧？」

「那就麻煩你了。」

「不客氣。」

佐樂禮貌性地朝穆佑文擠出一絲笑容，轉身與高柏堅正欲離去，卻聽見穆佑文小跑步的響聲，他們不約而同地轉頭。

「我是不是……在哪邊見過妳？」穆佑文的眼睛直視佐樂。

「我？」佐樂不解地蹙額，先是愣了愣，又受寵若驚地綻出笑靨。「哈哈！穆醫師，不好意思，我對你沒有什麼印象……」

豔遇?!她在心中不免有些雀躍。這穆佑文年紀輕輕，想不到搭訕技倆這麼老派，可惜了這張俊俏的臉，不過一派的溫文儒雅倒是很加分。

「人類的意識神經每秒可以處理16位數的訊息，而人類的潛意識可以處理成千上萬位數的訊息。或許曾經有天在路上擦肩而過，她在你潛意識中留下印象，造成你現在對她的熟悉感也是一種可能的解釋。」高柏堅天外飛來一句青黃不接。

「啊？」佐樂與穆佑文兩人尚未意會過來。

「我的意思是……嚴格說起來，你應該見過她。」高柏堅尷尬地摸摸鼻子，邁開步伐頭也不回地走向電梯。

為什麼剛才有一瞬間他突然很想中斷這兩人的對話？他想不透呀！

困惑的高柏堅忍不住越走越快。

「不好意思，我先回去了，總之謝謝你。」佐樂倉促地結束話題，趕緊三步併作兩步地追上高柏堅，此時電梯敞開，他們倆雙雙進門。

「你幹嘛這麼沒禮貌？」佐樂很清楚感覺到，高柏堅不喜歡穆佑文，但是她將這些情緒歸咎到他難搞的個性。

「他對妳有興趣。」高柏堅按下關門鍵，下了結論。「非常有。」

「有嗎？他才見了我一面耶。」

「不是。」高柏堅雙手抱胸，抬高下巴看著電梯樓層顯示。「妳如果仔細聽他所用的主詞，就會發現一件很有趣的事。」

「啊？」

「通常，一個醫生在對家屬親友解釋的時候，通常會用『你們』之類的字眼、好讓家屬感到安心，但是，他剛卻一直在說『我』，表示他急切地想表露出自己對這件事的參與感。」

「那又怎麼樣？參與什麼？」佐樂一頭霧水。「他也有說『你』啊，我記得有吧……」

「他不說『你們』，他說『你』，這個『你』是妳不是我，因為他對我只會用『這』。這是誰？而不是你是誰。代表他的注意力完全傾向妳那邊……」高柏堅對上佐樂那對棕色的雙眸，突然閉口不再說。

「欸，幹嘛停下來？你繼續說呀！」她很感興趣。

「不要。」高柏堅說：「回去上班了。」

「幹嘛這樣?分析一下嘛,我想聽!」

「妳不是有男朋友了?」高柏堅皺眉。「還想亂來?」

「男朋友?誰啊?」

「妳男朋友不就是送早餐給妳的那個瘦皮猴嗎?」

雷憲之?居然有人會把她和雷憲之聯想在一起!真是本日最經典!

佐樂忍不住想大笑,整棟管院上上下下都知道,他們兩人往來密切純粹是基於主僕關係,再說,她看起來有那麼不挑嗎?

「哦~你說雷憲之啊?」佐樂皮笑肉不笑地,居然誤認為自己跟那個宅男有一腿,這還真是莫大的恥辱,她試圖讓自己的笑容保持甜美。「你怎麼會這麼想呢?」

「當然,他對妳幾乎是任勞任怨,中午也一起吃飯。」高柏堅側頭。「難道有什麼隱情嗎?」

「這就有點難啟齒了……」佐樂轉轉眼珠子,靈機一動,逮到機會的她又萌生捉弄高柏堅的壞主意。「你口風緊嗎?」

為求戲劇效果逼真,她還四下張望。

「怎麼？」高柏堅也被逗起了好奇心。「這麼神祕？」

「雷憲之……」佐樂將雙唇輕輕附在高柏堅的耳畔，煞有其事地用氣音揭曉謎底：「他是Gay。」

噹！電梯門打開。

「不會吧？」高柏堅覺得這個下午簡直是驚奇不斷。「他看起來不像。」

「看起來愈不可能的，通常愈有可能哪！」佐樂為自己的信口胡謅下了結論，她對自己今天的演技相當滿意，搶先一步走出電梯，還不忘轉頭朝高柏堅眨眨眼。「這就是莫非定律。」

※

經過幾天休養下來，李其琛的身體狀況已經恢復常態，實驗賽局的研究計畫正等著上軌道，整個局面看下來歌舞昇平，高柏堅卻始終想不透，他為什麼對佐樂的行為耿耿於懷。

鈴——鈴——

辦公室刺耳的電話鈴聲響，阻斷他的思緒。

「喂，您好。」佐樂的聲音輕柔。

「請問于佐樂小姐在這裡嗎？」

「呃，我就是。」握著電話的她忍不住疑惑，向來打進辦公室來的電話只有找老闆的份，即使要找的是她，充其量也只會是「某某某的助理」此類如附屬品的代稱，很少人在電話中會直呼她的名字。「請問你是哪位？」

「妳好，我是穆佑文。」彼端的聲音彬彬有禮。

「噢。」這名字在她腦海中發出重重的一響。

佐樂試圖維持鎮定，穆佑文特地為了她打電話來辦公室？回想起那張溫文儒雅的臉龐，根本就是向井理啊！縱使高柏堅曾斷言穆佑文對她有好感，但她完全沒想到萍水相逢的一面之緣，居然還有人如此積極。

「終於找到妳了。」穆佑文説。「我不知道妳的名字，打電話到舅舅的辦公室，結果是另一個助理接的，我和她雞同鴨講了老半天，才發現我認錯人，後來才轉到這裡來。」

「呵呵。」佐樂嘴角微挑，並不是在取笑穆佑文的笨拙，她只是深知「終於」這兩個字在男人心目中的執念有多强烈，以及有多難能可貴，忍不住得意。

Ｈ７０４辦公室的另一端，高柏堅原本不以為意，直到佐樂如銀鈴般的笑聲鑽入他耳朵，就再也無法抑制自己的好奇心，他拉高視角，隨即瞥見她眉宇間瀰漫出的笑意。她的視線無意間拂過他，然而，這笑並不是為他而生。

高柏堅突然覺得有什麼東西，正在敲自己的胸口。他感到不耐煩，提起腕表開始計算時間。

十五秒。

于佐樂讓對方講了六十個字，而她卻只回了「呵呵」兩個字，按照他的碩士畢業論文中所研究的情境對談，兩人對話比例越懸殊，話越少的人在兩人關係上，越占上風。

特別是「呵呵」這種似是而非，不會表露出決策立場的純粹情緒語言，表示對方很有可能正在做出她可答應也可不答應的，私人請求。

「事實上我想約妳今晚出來看電影、吃個晚飯，當然這與公事無關，也和舅舅無關，純粹是私人的邀請。」穆佑文說。

單刀直入，佐樂由衷地欣賞這份簡潔俐落。比起一些拐彎抹角找藉口又讓她騎虎難下的男人，這份坦白讓她感到舒服多了。接下來，該考驗一下穆佑文的誠意。

「嗯，有什麼原因嗎？」佐樂側著頭。

竟然對可有可無的請求有了興趣，還給了對方上訴的機會！高柏堅心中的憤怒油然升起，他從辦公桌上拿起iPod按下錄音鍵，離座走向佐樂面前，示意要將電話領過來聽。

「抱歉，其實原因我說不上來，只是覺得我好像真的在哪遇過妳，或許還發生過什麼故事，但這幾天卻一直想不起來。我知道很唐突，不過，我是真的很想約妳出來見面聊一聊。這樣的說明，妳能夠接受嗎？」

「嗯……」她沉吟半晌。「可以。」

佐樂只是搖搖頭，暗示這通電話並不是找高柏堅的，爾後好整以暇地站起來，轉身背向他，蜷曲的電話線像條蛇，纏住她誘人的纖腰。

這畫面相當令高柏堅焦慮。

「就約今天晚上六點，我在管院門口等妳，方便嗎？」穆佑文問。

「嗯嗯，好。」意識到這是上班時間，佐樂謹慎地使用措詞，她信手拈來一張便條紙，抄下穆佑文的手機號碼。「好，我再打給你，掰掰！」

電話才掛上，高柏堅正想若無其事地搭話，卻看見佐樂難掩興奮的神色。

「我去個洗手間唷！」

眼看她像隻靈巧的燕子翩然離開H704，高柏堅回到辦公室，停止iPod的錄音，神祕兮兮地溜進H708實驗室，將「聲波分析儀」接上 iPod 傳輸線，在偌大的螢幕上開始分析起佐樂適才說話的聲調。

過去在英國兩年，高柏堅除了在大學做研究，也曾經受聘擔任犯罪心理研究團隊的一員，分析人類說話的音波語調也是部分工作，久而久之，這份工作養成的分析怪癖居然延伸進生活中，變成不為人知的變態習慣。

高柏堅戴著耳罩式耳機，一遍又一遍地反覆聆聽他錄下來的聲音，以及高跟鞋發出的失序腳步聲。

這是雀躍、欣喜、無法抑制的情緒。

她談戀愛了？

高柏堅陷入沉思。

※

佐樂並沒有到洗手間，她大搖大擺地踏入H701辦公室。昶曦和雷憲之正在享用悠閒的下午茶鬆餅。

「老師不在？」佐樂鬼鬼祟祟，一雙大眼睛賊溜溜地兜圈。

「他去開校務會議了。佐樂姐，妳怎麼有空跑過來？」昶曦問。

「我在704憋了一整天都快悶死了！」佐樂一屁股躺上李其琛午睡用的躺椅，滿足地感嘆：「啊～還是回娘家舒服自在！」

「對了，剛才有通電話……」昶曦說。

「我就是要跟妳說這個！」佐樂隨即從躺椅上彈起來，跑到昶曦身邊。「妳知道那是誰嗎？那是穆佑文！」

「誰呀？」昶曦狐疑。

「那個醫生？」雷憲之瞪大眼。「不會吧，妳連送老師去醫院都能招桃花？」

「妳說的穆佑文……是不是老師的外甥？前幾天我還看到他送老師來，他打電話來是為了約妳？我的天啊他超帥的耶！」昶曦發出羨慕的尖叫。

「妳喜歡嗎？那我不要了……給妳……」佐樂話甫出口，就被雷憲之狠狠踹了一腳。

「啊！好痛！」

「怎麼了？」昶曦問。

「憲憲他欺負我～」佐樂又在短短三秒鐘內擠出眼淚，順手從保鮮盒中摸走最後一塊鬆餅，像隻惹人憐的小狗，叼住鬆餅巴著昶曦。

「妳這女人……」敢怒不敢言的雷憲之，只能用凌厲的眼神瞪著佐樂。

「好好吃的鬆餅，憲憲以後長大，一定可以嫁個好人家的。」佐樂戲謔。

在這三人鬧得不可開交之際，H701的門猛然被打開，只見高柏堅憤憤地走進來，不由分說地大發雷霆。

「不是說要上洗手間？妳的洗手間還真大呀。」

「呃……」佐樂愣了愣。

不過是個找個藉口暫時離開座位，她又不是跑去百貨公司搶購週年慶，這男人有必要這麼認真嗎？

「如果份內工作完成，妳想早退去約會我絕不會反對。但是，請不要上班時間占用辦公室的電話線路。我僱妳來，不是要每天聽妳對我撒謊，一天不騙人妳就渾身不舒服嗎？」高柏堅冷言訓斥，遞給佐樂一張密密麻麻的A4紙。「週末前整理出這些論文使用的研究方法，做一份簡報給我！」

語畢，他甩頭就走。

「憲憲！」佐樂的臉沉了下來，將A4紙惡狠狠地撕開一半，丟到雷憲之的臉上。「聽到了沒有？做簡報！」

「好……」雷憲之顯得無辜又無奈。

「我先走了，待會去八樓研究室找你。」佐樂的眼神裡燃著熊熊的火焰，怪只怪這不識趣的男人壞了她一個下午的好興致。

這樑子可結大了！

亂七八糟的研究生室，不僅原文書東倒西歪、期刊論文的印刷紙本也散落一地，這裡有咖啡機、冰箱、還有整櫃的零嘴，名符其實就是研究生的樂園。

佐樂旋開門把，隨即瞥見坐在公用電腦前的雷憲之。

只見他左手按著鍵盤、右手俐落地狂點滑鼠……居然還戴著耳機麥克風，不僅全副武裝，連注意力都完全放在閃動的畫面上。

「你還真有閒，那一半的 Paper 開始看了沒？」佐樂才說到一半，發現雷憲之對她的存在完全全地忽略。她垮下臉，慢慢走到他身後，拍了拍他肩膀。「憲憲？」

「喔，嗨～」雷憲之無意識地隨口出聲，又對著麥克風發牢騷：「主坦搞屁啊？這麼軟，刷都刷不起來！」◆

「刷你媽！」佐樂出手直接朝雷憲之的後腦勺狠狠推了一把。「雷憲之，老娘在跟你說話，你難道就不能專心點嗎？媽的，我真的快被高柏堅那大叔煩死了！」

「等一下啦！」雷憲之還目不轉睛。「再二十分鐘。」

「我管你！」佐樂伸出右腳，用鞋跟在電腦延長線電源開關上輕輕一蹬，頓時，電腦螢幕一片漆黑。

◆

主坦：線上遊戲專用術語，指在遊戲中打怪時主要承受怪物攻擊的角色。

軟：線上遊戲專用術語，指遊戲角色裝備不足，遭受怪物攻擊時會產生巨大損血。

刷：線上遊戲專用術語，指遊戲中的補師角色施法治療損血對象的動作。

「幹！」縱然雷憲之對佐樂的橫行霸道往往都逆來順受，但事關一個魔獸宅男最重視的副本議題，讓他頭一次比著蓮花指朝佐樂大吼：「妳知不知道妳剛才做了什麼？我們是在推副本耶！妳知道妳這樣一踢，危及了二十五條人命和整個部落的和平啊？要是滅團，RL一定會打來罵我……怎麼辦？」◆

「拜託，你想多宅我是沒意見，但我求你，罵人不要也像個娘砲好不好？」佐樂撥撥頭髮、嫌惡地抓起他尚未鬆開的蓮花指。「跟你說過幾百次了，在女生面前要Man一點，千萬不能比出這樣的手勢！今天還好是我看到，如果換成昶曦看到，她會做何感想？」

「說到這個，妳剛才居然在昶曦面前說我嫁得出去，都還沒找妳算帳！」雷憲之歇斯底里地鬼吼鬼叫。

「你就是這麼娘，昶曦才會不把你當回事。」佐樂的毒舌絲毫沒有因為被指責而收斂。「要怪，就去跟我的新老闆抱怨啊！」

「妳們家老闆真的很奇怪。」雷憲之說。「他最近常常纏著我問一些怪問題，他該不會是Gay吧？」

「噗！」佐樂噗哧一笑，深知這又是自己惡作劇傑作的後座力之一。

她的愛情觀與慢熟慢熱的昶曦大相逕庭，她可以在邂逅第一眼就判斷出自己對眼前的男人是否有好感。一見不鍾情，再見上千次也不會來電、感動不代表心動，這就是惡魔殘酷的哲理。

雷憲之就是佐樂一見不鍾情的最佳代表作，在他面前，佐樂可以完全無礙的露出她壓抑在內心深處最原始、最邪惡的真面目，毫無懸念的讓雷憲之替她做牛做馬。

昶曦則反之，過去的幾段戀情都是日久生情而來，也因此雷憲之對佐樂才一直忍辱負重，對昶曦從一而終的專情追求，從中剝削得利的佐樂也落得開心。

「憲憲，幫我一個忙好不好？」

「妳又要幹嘛？」

「你想辦法去跟我老闆混熟、找出他的弱點。還有，有件事情我很疑惑，他到底結婚了沒？」

RL：線上遊戲專用術語，Raid Leader，指副本內主導攻略、發號施令的玩家。

「妳要做什麼？這跟他結婚不結婚有關嗎？」

「你真是不聰明欸。」佐樂巴了雷憲之的頭。「他如果結婚了，這就是他的弱點。他如果還沒結婚，那更是他的弱點……唉，反正講了你也不懂。」

「所以？」

「沒啦！」佐樂撇撇嘴，走到研究室牆角，打開雷憲之的置物櫃，取出電捲棒、鏡子，還有一個化妝箱。「我待會要約會，沒空陪你瞎耗。」

「約什麼會？」雷憲之狐疑。

佐樂沒搭腔，兀自架起鏡子，趁電捲棒通電等待預熱的空檔，打開化妝箱，裡頭竟然是五瓶不同款式的香水，她取出五張試香紙、分別噴上這五瓶香水，再一一嗅聞，顯然正為待會的約會對象費心思。

雷憲之無奈地聳聳肩，湊了過來看見威能強大的五瓶香水，不禁呼聲連連：「妳在我置物櫃放了五瓶香水?!還有，這是什麼東西……」

他一邊說著，好奇的手便朝電捲棒逐漸接近。

「喂，不要碰……」

「啊！好燙！」

佐樂雖想阻止，但還是慢了一步，雷憲之已經被燙得呼天搶地，驚恐地抱著手腕。

「你不知道這有一百五十度高溫嗎？竟然就這樣摸下去？」真是好奇燙死一隻貓，佐樂只覺得又氣又好笑。「欸，你沒事吧？」

「我比較好奇，為什麼這種東西會出現在我的櫃子裡？」

「當然，不然櫃子那麼大要放什麼？」佐樂挑挑眉、一派悠閒地拿起電捲棒，在鬆掉的捲髮上重新燙出一絡絡明顯的捲度。「不要再問這些有的沒的，不是叫你去調查我老闆嗎？再讓高柏堅占上風，我們就沒好日子過了。還愣在這幹嘛？」

「媽的，每次都叫我做這種事！」被鳩佔鵲巢的雷憲之一離開研究室，就抱怨聲連連。

想到這，他還是苦水滿腹，每回佐樂無論是愛上誰、或者是恨到誰，她的事就變成他的事，一聲令下就判決他多舛的命運。

千怨萬怪只能恨自己不爭氣啊！雷憲之猛搥心肝。

他垂頭喪氣地走下樓，順便將礦泉水瓶帶到七樓裝水，正要按出水鈕，高柏堅就出現在眼前，不慣掩飾的雷憲之心虛地倒退幾步。

「沒關係，你先裝。」自從前幾天佐樂告訴他雷憲之那個「不能說的祕密」，他就對這學生起了觀察研究的興趣。高柏堅示意他優先，無異是想趁機觀察一下同男，滿足自己的研究慾。

雷憲之點點頭，在裝水的等待時間，又不時轉頭觀察高柏堅，想盡可能地觀察出一些端倪，以免任務失敗遭到砲轟與凌遲。

果不其然，高柏堅敏感地注意到有不正常的眼神正在盯著他看。

「怎麼了？我臉上有東西嗎？」他皺眉。

難道這孩子真的是……？

「喔，不是啦！哈哈哈哈哈！」雷憲之蓋上裝好的瓶子，不太自然地看著高柏堅搗嘴大笑。

不舒服。好不舒服！

笑就笑，摀什麼嘴巴？

眼前的氛圍讓高柏堅背脊襲上一陣涼意，他聳聳肩，若無其事地走上前裝水，雷憲之卻還杵在原地。

不是吧？四下無人，他想做什麼？

高柏堅以眼角餘光環顧四周，找出一條進可攻、退可守的逃生路線，鼓起勇氣問：「你是嗎？」

是什麼？雷憲之顯得驚慌失措，不善掩飾的他心虛地臆測，難不成高柏堅看穿自己是佐樂派來的間諜？這風聲可千萬不能走漏，要是有個閃失，他下場可就淒慘了。

「當、當、當然不是！」雷憲之結結巴巴地否認。

高柏堅心頭一震。

在「你是嗎」這個問題裡，少了名詞或形容詞，按照語言邏輯來說，被問問題的人若不知道問題欠缺的是什麼，只會傻楞楞地問：「是什麼？」而雷憲之卻直接否認問題，代表著他知道他在問什麼。

再者，依據社會認同理論的研究顯示，被問敏感問題而結巴的人，象徵他對於自己所屬的社會團體的弱勢認知非常强烈。

雖然閱人無數的高柏堅認為雷憲之看起來不像Gay，但從其他構面觀察，倒是八九不離十，職業病犯了的高柏堅滿意地作出結論。

「那，像你們這樣的人……」高柏堅想了想措辭：「平常都做些什麼？」

「我們這樣的人？」雷憲之瞪大眼。

雖然不明白高柏堅的言下之意，但他凝神思索，「你們這樣的人」指的大概是像他這樣的宅男吧。

「就……像你這樣……」基於禮貌，又怕雷憲之覺得被冒犯，高柏堅不想將那三個字露骨說出。

「打電動、看動漫啊！」

「喔?!」聽到這答案的高柏堅有些意外。「我以為你們會熱衷上健身房或者泡夜店這類的……原來是這麼平易近人的休閒活動啊，真不可思議……」

「那應該是比較上了年紀的人，啊！」雷憲之摀住嘴，又忍俊不住大笑：「老師，我不是針對你，不要誤會，哈哈哈！」

第二次摀嘴！有點神經質的高柏堅難以忍受，額頭冒出青筋。

不過，或許還要其他理論和相關研究來佐證……。

「沒關係。」他聳聳肩。

「怎麼了？老師想研究我們？」

「唔，稍微有點好奇，不過這是爭議性的題材，身邊的樣本也不多……」

「不多嗎？」雷憲之心想，那群整日待在碩士班研究室的看起來，一個比一個還要宅氣薰天。「我覺得碩士班有好幾個都是啊！你應該可以去問問。」

「好幾個?!」不會吧，但據說圈內人對同類的辨識力都相當敏銳，可信度想必不低，這下高柏堅渾身都不對勁了。「我都沒發現，真是謝謝你的提醒。」

「沒什麼啦，別客氣。」一想到宅經濟正夯連高柏堅都想研究，雷憲之立刻親切地回應。「以後有什麼問題都可以問我。」

「呃……好……」盛情難卻，冷汗直流的高柏堅正想落跑，卻發現精心打扮完的佐樂出現在樓梯轉角。

「妳怎麼還在？」冤家路窄，免不了高柏堅一陣頭疼。

他看著佐樂那頭捲髮，似乎變得與她的臉型和大眼睛更加相襯。他說不上來，但就是覺得佐樂有哪個部分經過了微調，讓這小妞更加亮眼。
「剛在研究生室處理一點事情，我趕時間，要先走了。」
「要去約會？」雷憲之順口問。
被破梗的佐樂停下腳步，銳利的眼珠子在高柏堅看不到的死角朝他一瞪，再順便舉起細細的鞋跟奮力踩住他的腳板。
雷憲之搗著嘴悶哼一聲，痛得彎下腰。
「約你媽！跟他說這麼多幹嘛？」佐樂惡狠狠地低聲丟下這句話，笑吟吟地迴過身。
「我要去家教，不聊了，老師再見，明天我會把實驗設計的內容摘要給您。」
「好。」高柏堅點點頭，即使兩人劍拔弩張，在別人面前，他和佐樂總是心照不宣地維持基本禮儀。
在她與他擦肩而過的同時，他隱約嗅到她頸間散發出的香水味，剛噴上的前調多情地搔搔他的嗅覺，加上雷憲之隨口問起的「約會」，讓他想起辦公室那通不明的私人來電，以及，佐樂雀躍欣喜的聲調……。
高柏堅心煩意亂。

他信步走到窗口，往樓下眺望，瞥見佐樂坐上一台轎車。這一幕被他盡收眼底。

高柏堅望著漸行漸遠的黑色 Lexus，困惑地深鎖眉頭。

佐樂為什麼要對他說謊？

這問題不聲不響，埋入他心裡。

※

佐樂可以選擇穆佑文做為自己的下任男友人選，基於他的風流倜儻、成熟穩重、品味優雅，或者找個俗不可耐的理由——基於他未來的社經地位。同時她也無法否認，他的溫柔體貼在今晚，或者更早之前在醫院的相遇，已經令自己暈眩幾度。

只是，究竟是什麼令她遲疑？

這是一間雅緻又極富情調的日式居酒屋，恬靜的配樂、昏暗的燈光、搭上舒適的沙發椅，在半開放式的隱密包廂中，佐樂發現自己和穆佑文靠得很近，但她並不排斥，相反地她還有些沉迷。

穆佑文善於言詞，不急不徐的步調，宛如一場五年前的好萊塢愛情喜劇，輕快舒適，慢慢地牽著她走向戀愛舞池的中央。

在連珠炮似不著邊際的暖場後，兩人酒足飯飽離開餐廳，佐樂拿出手機看時間，才發現螢幕中躺著一通高柏堅的未接來電。

「不好意思，我先回個電話。」

「當然，不用不好意思。」穆佑文很紳士地微笑。

佐樂一邊撥電話，一邊隨穆佑文走到餐廳附近的停車場，直到她坐進穆佑文的車，電話才打通。

「喂，」高柏堅的聲音單刀直入，「我住的地方缺一台咖啡機，妳現在馬上弄一台過來。」

「高柏堅……」一聽見這無理的要求，佐樂氣得簡直想殺人。「你打電話來就為了交代我這件事？」

這人的腦袋到底裝了什麼？

花好月圓為什麼這程咬金偏偏就要出來殺風景?!

「怎麼，喝咖啡也是食衣住行的一部分不是嗎？」高柏堅涼涼地嘲諷：「噢，我忘了，妳現在應該在跟那台Lexus約會。我是不是中斷了你們的好事？」

「你說什麼？」她還沒反應過來，試著想確定，高柏堅的弦外之音與她猜的是否一致。

「妳對我撒了謊，雖然這不是第一次，但是妳今天的動機沒有道理，研究者對沒道理的事特別有興趣。明明要去跟那台 Lexus 約會，為什麼卻說要去家教？」

「對不起，等我一下。」她機警地踏出車外，關上車門、吐了口氣。「他不叫 Lexus，他是個人！我知道上次我耍手段威脅你，讓你覺得不舒服，但是下班以後我們難道就不能井水不犯河水嗎？你的下屬要去約會，但她不好意思承認，所以找藉口推說她去家教，你就可以打電話羞辱她？」

「我沒有要羞辱妳的意思，只想知道妳說謊的動機，當然，只是基於好奇心。」高柏堅說。

「你的好奇心造成了我生活上的困擾。」

「妳的行為也造成了我生活上的困擾，害我從下午到晚上都在想這件事。很抱歉打擾到妳約會，妳可以繼續，反正我已經知道答案了。」

「什麼答案？」

「在我面前提起約會讓妳感到害羞，所以妳說了謊。」

「那又如何？你已經成功破壞我的約會，不要再叫我回去繼續！」

「沒吃到那台 Lexus 妳就變得這麼暴躁？真是遺憾。」高柏堅用諷刺的口吻說。「既然約會也泡湯了，不如窩在電腦前把我交代的實驗設計簡報搞定吧！」

佐樂轉了轉眼珠，穆佑文還在等她。「不用你擔心了。再見！」

她掛掉電話，很快將情緒鎮定下來，擠出一個甜美的微笑，才開車門鑽進去。

「嘿，我回來了。」

「怎麼了？妳剛看起來很生氣？」

「不，沒什麼……」佐樂搖搖頭，卻莫名地持續為高柏堅那通電話心神不寧，完全破壞她約會的興致。「我得回家了，老闆剛打來，突然又交代一堆事情。」

「沒關係，我送妳回家吧。」穆佑文發動車子駛出停車場，終於投擲了今晚第一枚炸彈：「對了，妳出來跟我吃飯一個晚上，男朋友不會說什麼？」

「哦，原來我在你心目中，是有男朋友還會和別人單獨出來的那種人？」佐樂優雅地將問題駁回，輕輕一笑。

她大可直接回答，自己沒有男朋友、甚至像個落難的女孩子脆弱地說起前一段戀愛的傷痕，但她喜歡自己像一本書，讓男人一頁頁地在字裡行間品味、享受瞭解的過程。

「妳都用『那種人』來形容她們，那妳應該知道，我只對妳『這種人』有興趣。」穆佑文淺淺一笑。

「你有興趣是因為……我是這種人，還是因為我不是那種人？」

「我有興趣是因為……這種人是妳。」

佐樂感覺到穆佑文逐漸靠近自己的鼻息，盯著穆佑文精緻的五官，這男人除了身高不在她一百七十五的理想門檻，外在條件也沒別的好挑剔了，唯一美中不足的是……

雖然她談戀愛常常一見鍾情，雖然她不否認自己想將穆佑文生吞活剝吃乾抹淨，但這男人全身上下散發出的侵略性，第一次讓她覺得勝負難分。

「我不介意妳盯著我看，不過，妳總該解釋一下妳看著我在打什麼歪主意吧？這樣一直看，我會……」穆佑文湊過來，貼近她耳畔：「想吃了妳的。」

「我只是在想，你老是這樣對女孩子耍無賴，到底有多少人上鉤？」她深深呼吸，試圖保持清醒。

「妳這問法有先入為主的成見，妳怎麼不問我到底上鉤幾次呢？說不定在妳眼裡我是一頭待宰的羔羊。」

「你？哈哈哈！」佐樂笑得開懷。「我才不擔心你呢，你如果是待宰羔羊也是扮豬吃老虎吧。」

「所以妳是擔心妳自己囉？」穆佑文挑挑眉。

佐樂移開視線，沒有回話。

這樣相互試探的一切一切都讓自己四面楚歌，她常逢場作戲，卻不喜歡速食愛情，那只會降低身為惡魔的格調。但她深知，穆佑文的存在很容易在今晚讓她的原則失去準繩。

「啊，這條巷子轉進去。」佐樂逮到機會，轉移話題，她暗自祈禱今晚能夠全身而退。

「妳住這條巷子裡？」穆佑文在巷口踩了煞車，轉頭問她。

「嗯，今天很愉快，謝——」佐樂話還未完，穆佑文便俯身向前抓住她的後頸，將她輕輕擒到面前，吻住她的唇，不安分的舌頭像條蛇滑溜溜地想鑽進她的齒縫間。

「我很喜歡妳。」他在她耳邊低喃。「但是，我不喜歡妳說再見的樣子。」

「為什麼？」她喘息，意亂情迷地陪他玩火。

豁出去了。

「因為，我現在終於想起來，我在哪裡見過妳了。」穆佑文露出一抹邪氣的微笑，低頭又是一吻。

佐樂感覺到胸部被穆佑文的手掌偷襲，她發現自己彷彿置身在黑暗的森林中被一隻手牽領著往前走，不知道這趟旅程還有多久、也不知道身在何處，更可怕的是，她不知道這個看不見的方向是不是對的。

「真的嗎？你見過我？」佐樂狐疑。

「妳餓不餓，還想吃滷味嗎？」穆佑文盯著她的眼眸。

雖然是一句青黃不接的回答，但她總算弄清楚來龍去脈。

上星期那個在夜店拚命想灌醉她、最後被她鎖在門外吹冷風的冤大頭，就是穆佑文?!

「……你、你認錯人了！」她忍不住亡羊補牢的做了個垂死的掙扎。

「怎麼會呢？」穆佑文揚著嘴角，聲音卻很冰冷。「失而復得，可是一道迷人的宵夜呢。」

眼前的溫柔正令她渾身發抖，霎時，車內響起熟悉的鈴聲。

「啊！那個……我有電話！」佐樂迅速推開穆佑文，從包包中找出替她解圍的手機，打電話來的是高柏堅。

心神不寧的高柏堅坐在沙發上，漫不經心地拿著遙控器來回切換頻道，佐樂在辦公室講電話時眼底流竄出的笑意，在他腦海中揮之不去。

高柏堅關掉了電視螢幕，拿起手機再度撥打同一個號碼。

「快來救我！」電話接通，佐樂的聲音闖入他耳中。

高柏堅不發一語，下意識掛掉電話。

這是哪一齣？是他轉錯頻道了嗎？

他站起身，在客廳來回踱步。

他百分之八十確定，剛才的確是于佐樂的聲音。想到這，他立刻打開筆記型電腦，又接上GPS訊號定位追蹤系統，連接到自己的手機，再打了通電話過去。

「喂！你幹嘛掛我電話？沒聽見我在跟你求救嗎？」佐樂氣急敗壞的聲音。

「呃……」高柏堅盯著電腦螢幕上的定位畫面，心不在焉地回應。「剛嚇了一跳，手一滑就掛斷了。」

找到了！他點下滑鼠放大地圖，又熟練地打開另一個軟體。

「吼，真的會被你害死，我問你，要怎麼讓一個精蟲充腦又對自己滿懷恨意的人打退堂鼓？」

「跑。」他簡潔有力地說，握著滑鼠的右手在螢幕上來回拖曳、一刻也不得閒。

「啊?!」

「快跑啊！」高柏堅頓了頓，直到螢幕上顯示出一串號碼。「妳現在走出那條巷子，找一台編號9588的計程車，如果那傢伙追過來，那個司機會替妳擺平，別看他那樣子，他可是NSA的特務……」◆

語畢，高柏堅臉上泛出自我感覺良好的頰紅，他甚至聚精會神地期待佐樂的稱讚。

◆ NSA：National Security Agency，美國國家安全局。

「什麼９５８８？」電話那端的佐樂氣喘吁吁。「呼，剛好一台車經過，我就搭了。」

「妳沒搭９５８８？」

這不按牌理出牌的女人，居然無禮地毀掉讓他英雄救美的機會！

高柏堅驚訝之餘，甚至還有些憤怒。

「都什麼時候了，你還要我找車？整人啊？」佐樂說：「你也不想想我一個弱女子要是大半夜找不到車，被那渾蛋扛走該怎麼辦？當然有車經過我就上了啊。」

「就跟妳說那司機是ＮＳＡ來的……」高柏堅餘怒未消。「算了，我跟妳說那麼多幹嘛？妳把車牌號碼告訴我，先回妳家。」

「剛才那邊就是我家，我一時半刻回不去……」

高柏堅沉吟半晌，「妳先來我住的地方。」

※

叮咚——叮咚——

一聽見門鈴奏響，高柏堅立刻拿起對講機應門，螢幕出現佐樂的臉孔。

「嘿，不好意思這麼晚還來吵你。」佐樂一臉疲態，狼狽地笑笑。

「沒關係。」高柏堅面無表情。「我的咖啡機呢？」

「蛤?!」佐樂簡直傻了眼。

「不然，妳覺得我會對妳的安危感興趣嗎？」高柏堅調侃。

「算了，去 Office 睡覺都比來投靠你明智多了。再見！」佐樂忿忿地說，甩頭就準備走人。

事實上，他也不是漠不關心，知道佐樂平安無事佇立在他門口，的確讓他卸下心頭的大石，然而，這會兒卻又想冷嘲熱諷個幾句，一睹她驚慌失措的模樣，沒想到才一激，這小妞就倔得要去睡辦公室?!

高柏堅莫可奈何地嘆了口氣，馬上反悔地打開門，衝上前拉住她的手。

「喂。」

「幹嘛？」佐樂回頭，眼角竟泛著淚光，看起來更是楚楚可憐。

「留下來。」高柏堅對上她的視線。

「不要，我要走了！」佐樂狠狠地瞪了他一眼，冤家路窄遇上穆佑文讓她醫生娘的美夢破滅就算了，還被高柏堅捉弄了一整晚，她可是片刻都不想再受他羞辱。

「不行，」高柏堅放大音量，緊緊扣住佐樂的手腕。「我絕對不讓妳走。」

她有沒有幻聽?!她家老闆是鬼上身嗎?!剛才那句台詞是怎麼回事?!高柏堅居然有點……她實在不想使用這字眼，但，這股霸道還真是溫……柔……呀……。

佐樂頭暈目眩，她覺得快要窒息了。

葉承宏不是什麼條件太好的男人，卻曾經和佐樂穩定地走完大學四年，佐樂也認為她的愛情生活可以就這麼細水長流，不料這河道終究無奈地被硬生生地截斷，在她親眼撞見葉承宏背叛她的那刻，她只學到了一件事。

說謊的人最快樂。

Chapter 4

失控的防線

「什麼叫不讓我走？你……你有什麼問題啊？高柏堅，我今天晚上從接了你的電話到來投靠你，完完全全是我這一生最糟糕的決定！」

佐樂試圖保持清醒，她承認高柏堅某種程度是秀色可餐，特別是……這麼近的距離她才發現他居然穿著半露胸膛的睡袍！真是，這些簡直要人命的品味難道就不能安分點留在倫敦嗎？

「妳怎麼不說妳答應跟那個每分鐘視線停留在妳下半身超過五十秒的變態醫生約會是更糟糕的決定？」高柏堅雙手抱胸挑挑眉。

「我確定你沒跟我說過他這麼做。」佐樂瞪大眼。「你為什麼不早告訴我?!」

「我有告訴過妳啊！我不是說過他對妳有興趣嗎？」高柏堅强辯。

「你還真是『委婉』啊，他對我有興趣跟他是變態是完全不同的兩件事情好嗎？」

「男人對一個女人有興趣就表示他想把妳吃掉，妳是小學生嗎？」

「什麼小學生？拜託，情感總是有分强度的好不好？難道你做實證研究的問卷都不會用五點量表嗎？問題一：你想吃掉眼前的女人，非常不同意、不同意、普通、同意、還有一個非常同意好嗎？」佐樂氣得七竅生煙。「你根本不知道剛才我經歷了多可怕的慘劇！」

她瞪著他，越說越覺得委屈，眼淚便從她空靈的大眼潄潄地瀉出。

「Oh God, No!」他想制止她，試圖安慰的手才到半空中，又縮了回去，焦慮地抱著頭來回踱步。「拜託，不要哭！我真的非常怕女人哭……」

高柏堅直覺得一個頭兩個大，他對女人的眼淚向來就是沒輒、對這種演得跟真的一樣的橋段更是莫可奈何。

他越對自己強調她是在演戲、她就哭得越悽慘！這下可好，之前叫作梨花帶淚，現在根本是孝女白琴。女人真是太可怕了。

「在這邊連哭都要被你禁止？」佐樂淚眼汪汪地抬起頭。「我要自由……我要回家……嗚嗚嗚……」

「……我的意思是……好吧，反正明天是週末……」高柏堅軟化了態度，轉身拿了一雙拖鞋放在佐樂跟前。「妳今天就先睡在這裡吧！」

「什麼？」聽聞此話，佐樂完全停止哭泣的動作。

高柏堅也被自己說的話嚇到，他今晚到底幹了什麼？先是把她叫來他家，把她吐槽完又逼她不准走，現在又語出驚人「明天是週末」這種令人匪夷所思的暗示要她留下來……？他到底在幹嘛？

高柏堅正要解釋，佐樂已經歪著頭自圓其說：「算了，反正你很安全。這裡當我今晚的避難所，perfect。」

安全？她會不會太瞧不起人？再怎麼說他也是個男人……。

佐樂這觀感並非空穴來風，畢竟高柏堅身為她上司，還有上次她設局陷害他拍下來的照片當作擋箭牌，她根本不擔心高柏堅會有什麼踰矩行為。

打從懷著鬼胎的佐樂決定留下來，高柏堅家的氣場就開始怪得一塌糊塗。佐樂大搖大擺地倚在沙發上看電視，一派慵懶；高柏堅為了展現紳士風度，只好拉了沙發旁的小板凳坐在角落，一派委屈。

天殺的，這位置視野簡直糟透了！這小妞霸占他的王位就算了，居然連電視頻道的主控權都剝奪了，他想看《冰與火之歌》，她就偏偏要看《慾望城市》，沒營養就算了，看那些拜金女在杯葛男人還會損得他背脊發涼，實在是自找的……他忍不住暗暗咒罵。

「高柏堅，你是不是很討厭我？」她盯著螢幕，沒有看他。

氣。

「妳這種人會為人際關係困擾嗎？」他反將一軍。

「是不會，不過夜路走多了會碰到鬼，總是要檢討一下。」佐樂放下遙控器，嘆了口氣。

「技術上來說我並不討厭妳。」

「然後呢？」佐樂追問。「非技術上呢？沒有其他的看法嗎？」

「沒了。」高柏堅聳了聳肩膀，又板起臉孔一臉酷樣。「我們是同事，並且孤男寡女，如果對非技術性的看法著墨太多，關係很容易扭曲。」

「哼，小氣。」佐樂嘟嘴。「欸，好晚了，我想要去洗澡。」

「浴室在那邊。」

佐樂順著高柏堅指出的方向走入浴室，經過一晚的折騰，她的精神有些渙散，在浴室中褪去衣物，她才回想起適才對話中暗藏的玄機。

孤男寡女？

佐樂腦海先閃過了高柏堅的婚紗照，對，他是有未婚妻的？或者可能已經結婚？

不對，那女人去了哪裡？憑什麼可以讓她今晚登堂入室？所以他不在婚姻關係中？不對，不管他在不在婚姻關係中，難道高柏堅真的打算……？

佐樂望著鏡中的自己，猛然倒抽一口氣。她拍拍面頰，要自己轉移注意力，沒事的！高柏堅那麼討厭她，他們之間不可能會發生什麼！但如果真的要發生什麼，她也不是不願意……不對，不准這麼想！當一個下屬也要有節操，等下不管高柏堅有什麼異狀，都要繼續裝沒事！

佐樂好不容易做完心理建設，只是當她洗了完澡，卻發現……

「高柏堅？」她朝著門外求援。「你在客廳嗎？」

門外沒有任何回應，顯然這間浴室隔音效果該死的太好。

她小心翼翼地打開浴室門，探頭、扯開嗓門大喊：「高柏堅？」

「怎麼了？」客廳那端終於有了回應，還伴隨著腳步聲。

「等下，你不要過來！」佐樂紅著臉制止。「我……我沒有帶換洗的衣服……你有沒有衣服能借我……」

「我的衣櫃裡沒有這種東西。」高柏堅的聲音嚴肅起來。

「高柏堅，我快冷死了……你隨便找一件衣服給我就好啦，我會洗乾淨還你啦！」佐樂打著哆嗦，又關上浴室門打開熱水沖了沖身體。

「等我一下。」

高柏堅衝進房間開始翻箱倒櫃，先摸出一件睡袍……不行，這種一解帶就全開的剪裁給于佐樂穿上了，豈不是要他整晚坐立難安！他搖搖頭，又從衣櫃翻出一件吊嘎……媽的高柏堅你腦袋到底裝什麼？穿這不是更糟？

冷靜！冷靜！

他關上衣櫃，深深吸了口氣，再重新打開。

找一件包覆面積最大的就對了，高柏堅打定了主意。

白襯衫？太明智了，看來這是唯一解！

高柏堅取下襯衫，三步併作兩步地走到浴室門口，敲了敲門。「喂。」

「有嗎？」佐樂慢慢探出頭來，露出光滑白皙的肩膀。

「拿去。」高柏堅盡量避開視線，將襯衫遞到佐樂面前，又走回客廳看電視。

《慾望城市》又出現了女配角的酒池肉林！高柏堅悻悻然地轉台，Discovery 頻道，很好，他倒了杯白開水，在沙發正中央舒舒服服地坐下，才正喝下一口水，廣告回來卻開始播放動物求偶交配專題製作……。

這是什麼啊?!

高柏堅頭昏腦脹，又喝了一大口水想冷靜下來。

「欸，謝謝。」佐樂回到客廳。「衣服明天我再還你。」

「不客氣。」高柏堅一轉頭，發現佐樂居然只穿著他的白襯衫，過長的下襬恰好只蓋過臀部，雪白纖細的下半身，在薄透的襯衫裡若隱若現……

瞥見這畫面，他心臟頓時漏跳一拍，險些把水給噴了出來。

要死了，這女人到底有沒有危機意識？

這穿著根本是犯規！

「很、很晚了，妳趕快去休息吧……」他心慌意亂，只想將佐樂驅逐出自己的視線範圍。

「還好吧，現在才十二點半耶，你不是說『反正明天是週末』嗎？」佐樂強裝鎮定的走到沙發，在高柏堅身旁坐下，有意無意地朝他一笑。

明槍易擋、暗箭難防。

這冷不防一道笑容，還真是笑得他心底發麻……高柏堅愈發無助，只能摸摸鼻子閃到書房去。整晚他就像毫無智商可言的貓咪，被這拿著逗貓棒的惡魔蹂躪踐踏，無時無刻不在誘惑他！

此仇不報，非君子，明天他絕對要扳回一城！

小週末的深夜，向來是高柏堅在家寫 Paper 的好日子，每當黑夜降臨，他的思緒總像編織中的毛衣，密密地覆蓋腦袋。然而今晚，他卻怎麼也沉澱不下來。

不管是在英國、還是在台北，高柏堅對於住處的領域意識都相當强烈，住家這種神聖的殿堂完全不讓朋友入侵。當然他朋友不多，因此這困擾並不大，至於藉由工作建立關係的閒雜人等就更不在討論範圍，於是這更導致，他對於今天的狀況還摸不著頭緒。

為了一台咖啡機把這女人叫來自宅就已經夠離譜，重點是她使命未達不可原諒，他居然還縱容她霸占他的客廳。

高柏堅喝掉高腳杯中的紅酒，這是家中僅有的飲料，越想越覺得不對勁。追根究柢，他無法釋懷的是佐樂騙了他。

撇開之前耍的幾個陰險小手段不談，這女孩很透明，表面上雖然伶牙俐齒，骨子裡卻沒什麼攻擊性，說是柔弱都不過譽。

一個人不坦率是高柏堅的地雷，他理所當然地，無法忽視任何人、包括佐樂表裡不一的反差，奇怪的是，現在他竟然覺得這樣的反差……有點可愛。

高柏堅熄燈離開書房，決定出讓房間讓佐樂睡得安穩些，不料走到客廳卻發現佐樂並不在那，他心裡又冒出不祥預感。

這麼晚了，她該不會真的回家了？

他憂心忡忡，拿起手機撥打佐樂的電話，卻聽現細碎的鈴聲正在屋裡的某個角落低調作響，高柏堅將話機握在手心，循著聲音來源走……腳步停在自己的房門口……。

門把一扭，房間門竟然上鎖了？

高柏堅大驚。

真是太低估這女人了！用不著他請，她就登堂入室在他房間香甜入眠，還反客為主將他鎖在房外，簡直太得寸進尺。一想到這，剛才的擔憂頓時消失，取而代之的是莫可奈何的憤怒。

誰來告訴他這到底是為什麼啊啊啊啊啊！

他一定要把這女人趕下床！

怒得不可開交的高柏堅從冰箱上取來房門鑰匙，不由分說地破門而入。

臥室一片漆黑，窗外的月光斜斜灑進來，佐樂側在柔軟的枕頭上趴著沉睡，高柏堅凝視著她臉龐好看的弧線、長長的睫毛，目光停留在她微鎖的眉心。

他走到窗邊拉起簾幕，月光映出的輪廓消失在視線裡，他又將窗簾拉開了一點縫隙，好讓自己能重新見到這張面孔。

半晌，高柏堅走出臥室、輕巧地帶起門板，窩回客廳的沙發。

對敵人仁慈就是對自己殘忍，他在心中默念。但左思右想就是搞不懂，這久違的宅心仁厚是如何無中生有？他裹緊毛毯閉上眼，嘴角浮出一抹笑容，淺到自己沒有發現。

※

佐樂睡得香甜，經過夜月洗禮，她細緻的五官更發嬌艷。晨曦一照，她本能地睜開惺忪睡眼，翻個身在被窩打滾幾圈，半晌，她才猛然驚覺自己身處於別人的家。

她怔怔地連眨幾下眼，坐起身環顧四週。

對，這家徒四壁的鬼地方是高柏堅的主臥房。她開始拼湊起零碎的記憶，昨晚怎麼大搖大擺地就在這裡睡沉了呢？

重點是，高柏堅人呢？

佐樂信步踏出臥室，在偌大的公寓尋遍各個角落，書房、陽台、浴室、廚房、客廳……就是找不到主人的蹤跡。

怪哉！今天不是週末嗎？這大叔看起來就不像會有什麼健康的休閒活動，況且空運回來的那堆紙箱都還擺在客廳，莫非是……免談！打死她都不會去幫他整理的！佐樂咬牙切齒，但話說回來，難不成高柏堅又跑去實驗室做研究了？

果不其然，眼明手快的佐樂在電視遙控器下搜索到一張便條紙。

「我先去Ｈ７０８，睡醒後快來幫忙！　高」

這什麼鬼東西?!

佐樂惱怒得差點將這張便條紙撕得粉碎。

平日要她當這怪咖的女傭隨侍在側就已經夠委屈她了，忍受他的怪脾氣跟不成文的規矩不說，她絞盡腦汁要出招跟他作對也是很辛苦的。假日加班？門都沒有！

她若無其事地將紙條放回原處，打算裝作沒看到，收拾好隨身物品火速逃離現場。

才出了巷口，迎面而來一輛計程車，正中她下懷。

佐樂毫不猶豫上了計程車，真是如虎添翼，她開心極了，說出自己住處的地址，倚上軟軟的靠背陷入長考。

出了高柏堅家的大門，她感到恍如隔世，頓時有一種重返現實的失落，然而漸漸活絡起的思路終於開始釐清這整個週末的記憶……。

好一個禍不單行，先是那個衣冠禽獸的穆佑文和她冤家路窄，她還完全無意識地險些暈船，再來又是莫名亂入的高柏堅……算是吧？一想到這，腦袋不免又成了一團漿糊。

幾天前他們明明就針鋒相對、不打不相識。

但昨天……誰來告訴她究竟發生了什麼事！她怎麼會走投無路到他家去，最後又像隻寵物睡倒在他柔軟的床褥……更令她臉紅心跳的是，高柏堅昨晚抓住她的手要她別離開時，她居然不爭氣地心跳加速。

佐樂拍拍臉頰，要自己打起精神，一定睛才發現窗外的景色離自己的住處越來越偏遠。

「欸？司機，你開錯邊了，我家在反方向。你快迴轉！」

但位在駕駛座的的司機完全沒有任何回應，反而將車速加快往前開。

「司機，我要下車！」她焦急地大喊。「你再不停車我要報警了！」

車速仍舊沒有放慢，司機連個頭也不轉，彷彿早就預料到佐樂會有這樣的反應。這又是哪招？

百思不得其解的佐樂，突然瞄到副駕駛後座上的計程車司機資料，上面寫著一串眼熟的四位數編號——9588。佐樂瞬間明白了，這是高柏堅派來的專車編號。

很不意外地，計程車逐漸駛近學校，並且放慢了車速，佐樂沮喪萬分，一個不小心誤上賊車讓她的假日泡湯了……。

在H708實驗室看著衛星定位畫面上逐漸接近的紅點，高柏堅的一張撲克臉居然露出開懷的大笑，很是反常。

在英國做研究的兩年光景，即使他的研究對象是形形色色絕頂聰明的高智慧罪犯，高柏堅也未曾像現在這樣熱衷地布局設計一個人，特別是，于佐樂對他而言還只是個涉世未深的年輕小妞。

門外響起敲門聲，高柏堅機警地斂起笑容、坐直身子，將原本擺動中的手藏到下巴抵住。

「進來。」

他正要抬起眼，一張酷臉冷不防被前方一隻雪白的大腿迎面賞了一記迴旋踢，緊接著強而有力地勾住他的後頸把他勒倒在地。

「高柏堅，你腦袋到底裝了什麼?!」

「啊？」高柏堅自地上爬起，驚訝地抬頭，映入眼簾的是佐樂，嚴格說起來是仰視四十五度角的佐樂的修長細腿，看得他血脈賁張。

「你給我聽好，不是每個人都跟你一樣假日沒地方可去只好來實驗室做研究，也不是學者生活中只有寫論文，你要怎麼過生活是你的事，但麻煩你別陪葬助理的假日。要那台NSA計程車埋伏在巷口、把我押來學校，是什麼意思？9588，你就沒有想過我一通電話打到一一〇報警，你這位優秀留英的高大教授立刻榮登社會新聞版面，會玩得更開心？」佐樂怒得不可開交。「如果你再這樣對我一次，我就馬上辭職。」

辭職？這可不行。

糟糕，只顧著一頭熱找她玩生存遊戲、巴不得每天都能看見她咬牙切齒的反應或皮笑肉不笑的倔強臉蛋，不小心就忘了假日要放她休息……但她幹嘛火氣這麼大呢？自己不是也玩得很開心嗎？

不對，這麼說起來，他怎麼會期待和佐樂碰面的日子呢？

高柏堅一愣，待他回神時，佐樂已經不見了。

※

十一點半，佐樂抱著一只厚重的牛皮紙袋從綜合大樓走出來，還挾著一本翻譯小說，那是她監考時拿來殺時間的玩意兒。即使踩著高跟鞋要走到十分鐘腳程的管理學院，她還是一派輕盈地行動自如又優雅。

距離管理學院還有五十公尺，佐樂遠遠地就看見一道身影佇立在閃亮耀眼的玻璃自動門旁。

佐樂慢下腳步，輕輕地深呼吸。

她在情場上雖然對男性總是維持著遊戲人間的態度，但一般情況下還是秉持著與人為善的原則，要不是上次穆佑文突然地揭曉謎底實在難堪，她也不會在事後完全冷處理。如今穆佑文自己找上門，她自然也不打算拒於千里之外。

「怎麼了？要找院長嗎？」佐樂抱緊了胸前的牛皮紙袋，調勻氣息。

「不，我是來找妳的。」穆佑文雙手插著口袋，不急不徐地迎上去。「方便吃個午飯或說幾句話嗎？」

「我待會有事，現在可以說話。倒是你今天不用看診嗎？」

「我調班了。我怕今天不來找妳會再也看不到妳。」

這人一定要這麼戲劇化嗎？這台詞居然讓他說得臉不紅氣不喘，佐樂瞠目結舌。

「世界還是很小的，你想太多了。」佐樂輕笑。「特別是我們冤家路窄得不可思議。」

「不准再說，妳要先接受我的道歉。」穆佑文微笑的輪廓依舊溫文，他調侃地說：

「我承認那時在醫院馬上就認出妳了，當然，一想到那天晚上曾經被妳那樣對待，任誰都會覺得莫名其妙，不過我無論如何都想再見妳一面，和妳再多相處一些……簡單說，我不想跟妳斷了連絡……」

「你這是在埋怨嗎？」佐樂似笑非笑，微瞇的眼角卻藏不緊笑意。

「這是稱讚，還是妳是故意這麼問我的？」穆佑文聳聳肩。「我們總共見了三次面，不管是哪一次的相處，我都很喜歡妳，想認真跟妳交往。」

「啊？」佐樂不是沒聽見，是穆佑文不按牌理出牌的表白嚇到了她。

「妳不用馬上回應，但我是認真的，希望妳能好好考慮。」

「你沒有什麼具體的動作，我要怎麼知道你是計劃好的還是認真的呢？」佐樂原本抱在胸前的考卷稍稍降了點高度。

「如果妳願意給我機會，我會證明給妳看的。」

佐樂咬了咬下唇，不發一語轉身進入管理學院。她不否認自己男人緣不錯，也曾經閃電談過戀愛，但穆佑文下出的這步棋終究還是太險，險得讓她沒勁。

她只覺得，愛情就像名牌包，當她看見街上有許多的女人揹著它走來走去，她竟然有一股直覺那是贗品的偏激。她不是不願意出原價買真品，只是沒人能教她，愛情的真偽怎麼鑑別。

跨入管理學院的長廊，佐樂騰出手按揉自己的後頸。她覺得累了，有多久沒有談一段像樣的戀愛？一年？兩年？

不，認真說起來，自從三年前她離開了葉承宏，就只和萍水相逢的男伴玩著曖昧遊戲，確立戀愛關係的沒幾個，倒是一直在約會、觀察、淘汰、換人約會的迴圈中……這其中當然也不乏比穆佑文誠懇個一百倍的追求者向她表白，但每當兩人的關係即將凝固，佐樂就害怕得想逃。

佐樂逞強地以自由當做擋箭牌，實際上她自己清楚，自己比其他人更害怕寂寞，她只是對戀愛怕了。

葉承宏不是什麼條件太好的男人，卻曾經和佐樂穩定地走完大學四年，佐樂也認為她的愛情生活可以就這麼細水長流，不料這河道終究無奈地被硬生生地截斷，在她親眼撞見葉承宏背叛她的那刻，她只學到了一件事。

說謊的人最快樂。

這打擊完全冰封了她對未來美好生活的編織圖，佐樂寧願當別人心目中的惡魔，也不願再飾演天使。

穆佑文的攻勢自然也構不成讓她改變主意的說服力，她只是有些疲憊。

「他在說謊。」高柏堅冷不防從電梯口的轉角處冒出來，他雙手插著口袋，皮鞋神經質地磨著地板。

「啊！」佐樂被嚇得花容失色，她沒好氣地一瞪。「你想嚇死我啊？」

「他並不是認真想跟妳交往，而且妳還相信了他的謊話。」高柏堅彎腰看著她，踏入電梯內。「妳的行為還真是令人匪夷所思。」

「你要不要照照鏡子，看看你的行為有多更匪夷所思？」佐樂輕蔑地聳肩，也進入了電梯，按下按鈕讓門關上。「我要不是遇上你，你會……」

電梯門闔上的剎那，佐樂感覺到一股帶著侵略性的男用香水味，直直地鑽進她的嗅覺……老天，這三八的大叔擦了香水嗎？佐樂飄忽的眼神開始有些渙散，她屏氣凝神，無奈地瞪著顯示器上的樓層數、希望電梯爬得快些。

「于佐樂。」

「你……」佐樂憋著氣，努力想保持神色的鎮定。不好，這傢伙深邃的眼睛此時看起來煞是漂亮，漂亮得可惡。「別再……靠、靠近……」

叮！

電梯門忽地打開，佐樂隨即將纖細的身軀挪動到最靠近門口的那方，映入眼簾的是一群大學部的兼職助理，身為專任助理的佐樂長她們幾歲，自然是女孩們崇拜的大姐姐。

得救了！

「佐樂助教，哈囉！」

「哈……哈啾！」佐樂甜甜一笑，挺起胸跨出電梯門，故意在打招呼後瞬間補上了一記噴嚏，再抬起頭無辜地苦笑。「嗯，午安。」

她瞇起眼將考卷掩住鼻子，一方面提醒眾家姊妹這香味的存在，另一方面則暗示這囂張的男香是出自於高柏堅之手，再轉頭對高柏堅回以一道報復的凌厲目光。「高老師，您先回辦公室，我去幫您泡咖啡。」

晚一步跨出電梯的高柏堅呆若木雞，這才察覺自己被算計了。

離開電梯的佐樂一擺脫人群，就逐漸加快腳步奔入茶水間，幾乎是跌仆地趴上茶水間裡的置物櫃，摸出一罐咖啡豆就朝鼻子送。

「咳！」咖啡豆刺鼻的香味總算讓她恢復了嗅覺該有的彈性，佐樂覺得脱困了。

「佐樂姐。」

「嗯？」過度慌亂的佐樂這才發現茶水間另有其人，她一轉頭，慶幸瞥見她失態的是祖曦而不是別人。

「妳怎麼啦？看起來臉色不太好。」祖曦湊了過來。

「還不是高柏堅，」佐樂捏了捏後頸。「整個週末都被他折騰死了……」

「整個週末？」祖曦不太確定地問：「等下，妳週末不是跟穆佑文出去嗎？怎麼會變成高老師？是我聽錯嗎？」

「呃……」佐樂支支吾吾。

「佐樂姐，不要再裝了，快點從實招來！」祖曦轉了轉烏黑的大眼睛，摩拳擦掌打算逐步逼問。

在祖曦拿出搔癢絶活的攻勢之下，佐樂終於忍不住鬆了口，一五一十地吐出這個週末的真相。

「等一下，我現在腦袋好混亂……」祖曦驚叫。「簡單來說，高老師千方百計破壞妳和穆佑文約會，然後把妳扣留在他家，連妳要回家休息，都硬是把妳載到實驗室？」

「程祖曦，妳去學術研討會都這樣摘錄重點的嗎？」真他媽的完全重點誤，佐樂簡直又氣又好笑，忍不住白了祖曦一眼。

「我是說，妳不覺得高老師這樣……有點，怪怪的嗎？」

「哪裡怪？」佐樂完全不覺得有什麼問題。

「李老師也沒這樣管過我們呀？」

「那是高柏堅這個人本來就很奇怪，不能用常理去看他。」

「是嗎？可是我怎麼聽起來都覺得他……是在……吃醋？對，就是吃醋！」

「蛤？」被祖曦這麼一說，佐樂一瞬間也被搞迷糊了，當她正打算反芻週末與高柏堅發生的種種，突然手中的手機鬧鈴激烈作響。「糟糕，再不回去我就等著被高柏堅砍了。」

佐樂端著咖啡衝回辦公室，高柏堅便抬起眼來。

「吃中飯嗎？」高柏堅問。

「什麼？」佐樂的心臟瞬間漏跳一拍，昶曦剛才說的「吃醋」兩個字像細胞分裂，一下子就占滿了她的腦海。

高柏堅是在約她？佐樂忐忑。

「別誤會。待會妳必須陪我去中研院開會，在這之中妳必須幫我整理摘要其他學者發表的內容，並且適時支援我 present 中的各種狀況與需求，我只是順便問問妳要不要吃點東西，不吃的話妳就等著在會議室裡自生自滅。」

佐樂聽到這話真是哭笑不得，一定要讓她在短短半小時內經歷穆佑文的口蜜腹劍和高柏堅的刀子嘴豆腐心嗎？她不得不承認，高柏堅愛八卦的嘮叨關心已經讓她漸漸習慣。

成功被取悅的佐樂索性擺上一張笑臉，安分地收拾好會議用品、尾隨高柏堅踏出辦公室。他們攔了輛計程車，並肩在後座。

「穆佑文第一次看見妳是在什麼時候？」高柏堅問。

「你不是很會猜嗎？還問我？」佐樂故作無辜地瞪大眼睛，聳聳肩。

「根據你們剛才的對話、以及他在醫院遇到妳不太肯定的態度，他看見妳不是在夜晚就是在燈光昏暗的場所。」高柏堅雙手抱胸，躺上了椅背。

她只是說他很會猜，可沒要他當場表演給她看啊！佐樂暗暗咒罵，下次要拆解她的私生活能不能先預告一下？這麼唐突的侵犯她的隱私權簡直是公器私用。

「哈哈，這麼說起來我是吸血鬼。」

佐樂顧左右而言他，與高柏堅的眼神對個正著。

「給妳個忠告，千萬別敷衍我。」他的語調冰冷，冷到都要讓她打哆嗦了。「否則妳接下來的日子不會太好過。」

「有些事心裡知道就好，挖得太明白，對我們工作沒有好處。」

「我這個人喜歡資訊透明，共事起來簡單一些。」高柏堅沒有挪開目光，反而深深地凝視她的棕色眸子。「二十五歲的單身女孩，積極地和異性朋友維持友好關係，約會、派對，她看起來對感情生活很正面經營，奇怪的是，面對男性的告白，表面上嗤之以鼻，心裡卻忍不住把別人的甜言蜜語聽進心裡面，妳知道這代表什麼嗎？」

即使臉上依舊掛著笑，佐樂還是意識到，自己嘴邊的弧線僵了。

她不喜歡無端被透視，她自許是個堅强的人，但共事沒多久的高柏堅，還沒剖析她就能精準地描繪出她的生活態度，這著實讓她想崩潰。

「我不想知道。」她輕輕閉上眼睛、揉了揉鼻樑，想抑制那股沒來由的酸澀。

「世界上充斥著各式各樣的病毒，讓妳傷心、難過、懊悔。每次感染了病毒總是痛不欲生，康復後過了一陣子，妳又遇到另一波病毒，並且完全沒有讓它擊倒妳，妳以為妳這是得到免疫力、進化了，從此再也沒有人能讓妳痛苦嗎？」

「這樣有什麼不對？」她似乎知道高柏堅想說什麼，卻仍垂死掙扎。

「妳不痛苦是因為妳不敢再靠近它。所以當然沒有任何人可以再傷害妳了，但也不會有人能打動妳。我只是在幫妳確認，這是妳正在追求的境界嗎？」

佐樂沒有阻止他，甚至有一度希望在高柏堅面前釋放自己的情緒。高柏堅的聲音嚴格說起來並不怎麼溫柔，諷刺的是在這一刻，她在心理上居然還有點想依賴這個死對頭。

「……是。」在她即將投降的最後關頭，計程車正好到達目的地，緩緩地往路邊停靠。佐樂用盡最後一絲力氣擠出反話：「等等要開研討會吧？我該吃午餐了。」

望著佐樂奪門而出的背影，高柏堅輕嘆一聲，眼底盡是憐惜。

※

佐樂在圓弧型的會議廳的舞台旁待命，在學術研討會現場，她的雙眼總是跟隨著高柏堅的背影，雖然是她的職責所在，然而望著他清瘦、俐落、又言思敏捷的模樣……。

她忍不住想起在機場與高柏堅邂逅時，她狠狠被惡整哭笑不得的尷尬巧合，想起高柏堅將計就計捉弄她時，深邃眼眸泛出的狡黠光芒。佐樂不得不承認，出一張嘴的男人總能輕易獲得她的青睞，更何況他觸及了她內心深處的柔軟地帶。

離開葉承宏的那一天，佐樂幾乎是連滾帶爬地落荒而逃，她不願意，也不敢再看見葉承宏傷害她時，那副理所當然的面貌。

當然，痛覺是必須承受的結果。

但是痛了過後又能有什麼幫助呢？務實的佐樂認為，既然疼痛沒有意義，與其再悲痛，不如直接跳過這部份，快轉到人生中的下一個里程碑，也因此，她努力拓展社交圈，認真工作，面對任何有發展可能的男性都會禮貌以待，即使偶爾惹了麻煩，她也覺得，這是她分手以來終於能自己主導生活的方式。

只是，習慣壓抑的她，還來不及將心頭那塊刺連根拔除，就這麼硬生生地深埋在內心，成了一塊無法溶解的小冰錐，每當她險些要被誰給觸動，那冰錐就扎得她胸口疼痛。

然而，高柏堅看似無足輕重的幾句話，卻讓它溶解了……。

佐樂只覺得禁錮她的堡壘坍方了，在塵土落盡後的廢墟裡看見全新的光景，那便是高柏堅的側影。理智告訴她，在這麼脆弱的情境下要愛上他實在太容易，唯一能攔住佐樂的理性，就是高柏堅對她說出那些話時，眼底的悲傷。

「妳不痛苦是因為妳不敢再靠近它。所以當然沒有任何人可以再傷害妳了，但也不會有人能打動妳。我只是在幫妳確認，這是妳正在追求的境界嗎？」

是什麼樣的經歷讓他有了這體悟？

佐樂凝視著他，眼睛開始失焦。

研討會成功落幕，高柏堅和幾名學者在講台前寒暄，佐樂則忙著收拾簡報用筆電。一位穿著合身剪裁套裝、年約三十來歲的女人走到高柏堅面前。

「柏堅，好久不見。」

「采珊……？」高柏堅有些驚訝。

「你看起來過得不錯，獨立到從英國回來都不會告訴我了。」女人風情萬種地在眼角傾洩出笑意。「就這麼保持下去吧！」

「妳沒接我電話。」

女人冰冷的調侃吸引佐樂抬起頭，她起初只覺得這女人的臉孔眼熟，半晌，女人順手將長髮撥到右邊、露出後頸的弧線，佐樂才想起，她就是高柏堅那張婚紗照上的新娘。

只是聽這兩人對話，佐樂不免感到有些奇怪，一來如果他們是夫妻，「好久不見」四個字顯然就是感情不睦的徵兆，二來這對夫妻連通訊都有技術上的問題。

更詭異的是，向來伶牙俐齒的高柏堅居然發揮不出實力，這到底是怎麼了？縱使在事前，佐樂已經對高柏堅的感情狀態稍作推測，但沒想到能夠直擊現場，她自然是聚精會神地在旁欣賞這齣千載難逢的好戲。

「噢！對，是我拒接了，當時我未婚夫在我身邊。」女人聳聳肩，輕描淡寫提起卻也刻意地強調那三個字。

未婚夫？佐樂一愣。

言下之意是，這女人把高柏堅甩了，現在正準備要跟另一個男人結婚？離婚後還要被前妻糟蹋，唉，真是可憐的男人。

霎時，佐樂感覺到自程采珊投射過來的凌厲目光，那雙看似柔媚的水蓊雙眸正在不友善地打量她。

「放棄設備精良的英國，跑回台灣就算了，居然還從理學院逃到管理學院。學管理的不過就是一群從衆反應强烈的族群……」

◆

從衆反應？那是什麼？佐樂聽不懂這專有名詞，但從程采珊眉宇間流露出來的殺氣和高柏堅緊握的拳頭，她敏銳地推測這不是什麼友善的形容。

猶豫半晌，看不下去的佐樂還是決定出手救援。「高老師，時間差不多——」

「沒妳的事。」高柏堅狠狠打斷佐樂，稍早他才訓過她，此時此刻他的不堪他的狼狽就屬她最沒資格目擊，遑論讓她救場。

他知不知道自己在越級打怪？都到這關頭了還逞什麼威能？佐樂簡直不敢相信她的上司竟然如此愚蠢，這麼想要當場被放生？她成全他。

佐樂一聲也沒吭，繼續她該做的收拾工作，卻忍不住偷聽兩人對話。

高柏堅深深呼吸，壓低視線避開了程采珊的眼神。

「你還是沒變，一提到工作就能讓你動怒。」程采珊無所謂地撥撥頭髮，冷冷地掃了佐樂一眼。「也好，至少在管院做研究有個賞心悅目的助理，我就來期待你的研究成果吧。」

「等一下，妳訂婚了？」反應慢半拍的高柏堅這時才搞清楚重點何在。

這句話冷不防教佐樂肩膀一歪，她忍不住對眼前這女人嘖嘖稱奇，居然能讓高柏堅的智力瞬間砍半，連反應都可以慢半拍，可以的話還真想和她討教幾招，不然她孤軍奮戰久了也實在招架不住。

「我以為你是故意忽略我話裡夾帶的訊息，原來是被嚇傻了？哈。」程采珊故作無辜，「是，年底要結婚，這陣子籌備婚禮都沒空寫 Paper 了，你回台灣會找不到我也是正常的。」

年底？那不就只剩四個月？

高柏堅皺了皺眉，勉強露出一個嘲諷的微笑。「我該說什麼？祝妳幸福？真是一句足以泯滅良知的謊言。」

「你還是一樣幼稚。」程采珊說。「不過這樣也好，我現在不用擔心婚禮要不要邀請

從眾反應：改變個體的知覺、意見或行為方式，以和團體規範一致的傾向。

你來參加這種尷尬的問題了。」

高柏堅沒有再回應，他動作緩慢地移動肩膀和腳步，彷彿花了一世紀的時間轉身，與佐樂四目相交。

佐樂拎起電腦包，挺直腰桿走到高柏堅身旁。

「要走了嗎？」佐樂說。

「我幫妳拿。」高柏堅彎下身替佐樂拿起電腦包，並在佐樂耳畔低聲說：「幫我一個忙，等下走出會議廳的時候，和我保持三公分以內的身體距離。」

「啊？」佐樂還沒意識過來。「三公分的什麼？」

「這樣。」高柏堅伸出手搭上佐樂的肩膀，將她拉近自己身邊。「保持這樣的距離跟我走出去，不要走到我後面，一定要走在我身邊。懂嗎？」

「我懂了。」佐樂感覺到自己的心跳略略地加速。

留在原地的程采珊雙手抱胸，興味頗豐的凝視高柏堅與佐樂離去的背影，柔媚的雙眼瞇起銳利的線條，流洩出她曾經以為自己永遠不會對高柏堅有過的——醋意。

穆佑文喜歡享受將女孩名字存入手機中的這一刻，在他扭曲的思維中，這就好像在為自己捕獲的獵物製作標本，另一方面，為女孩命名的儀式也有實質的作用，就是讓他避免日後又誤接這些女孩的來電。

Chapter 5

我曾經很愛你

佐樂一向覺得自己很能與異性相處得自在融洽，何況，眼前面對的只是自己的上司，一點也不足為奇。然而，今天她發現，原來跟剛認識不久的男人靠得太近，還是會令她窒息。

走出會議廳，佐樂放慢了腳步，讓高柏堅走在她跟前的幾步距離，悄悄地吁口氣，才想通了這件事。

「你還好吧？」她有些擔心高柏堅。

這時，高柏堅才回過神來，怔怔地看著她。「我剛做了什麼？」

「啊？」佐樂一頓，剛才的高柏堅是被誰附身了來著？

「告訴我我剛做了什麼！」他提高了音量。

在訂了婚、拍了婚紗照、印了帖子，還被未婚妻程采珊出軌背叛、外加當眾悔婚的難堪以後，高柏堅曾經幻想、演練過不下數百次，如果他們有朝一日再度重遇，他該如何輕描淡寫地說幾句話，用大人的成熟討論這段關係的下文？

而直到今天，他才發現，原來自己從來就沒有準備好過。他還是一樣，會又羞又恨、驚慌失措，一樣，邏輯運作能力會在看見自己愛過的女人那刻自動消失，現在連記憶力跟判斷能力都出了問題。

佐樂第一次聽到這種要求，只能結結巴巴的把她認知中的拼湊起來。「呃，你剛跟你的前女友……？前妻……？」

「前未婚妻！」他惡狠狠地更正。

真相大白，佐樂終於知道，第一次見面時他為什麼那麼糾結「未婚妻」這三個字了，從頭到尾想歪的人就只有他！她怎麼那麼衰，隨便開個玩笑就踩到他的地雷？

「我哪知道你們什麼關係……總之，你剛利用我們的距離，在你前未婚妻面前製造了……我們很、很、很親密的誤會，至少我的解讀是這樣……」她結結巴巴地回答。

連這女人的低等腦子想的都跟他一樣，那誤會肯定就大了！

「妳可以下班了。」高柏堅現在百分之百確定，自己必須回頭去找程采珊！

「啊？」佐樂一愣，想確認自己是不是聽錯了。

「不用擔心我，我自己可以開車回去。」

「我不是這個意思，我是說……」誰擔心他啊！一時腦熱利用她擔任假女友，激怒了自己的前未婚妻，現在拍拍屁股想直接打發她走也不打算送她一程？這人不是有出國讀過書？怎麼完全沒有沾染一點海外的紳士風度？就不能顧慮一下她的感受嗎？

「妳想說什麼？」不幸的是，高柏堅還真完全沒這自覺，他滿腦子都還在想著，只要他跟程采珊好好坐下來，平心靜氣地談一談，這樣他就可以搞清楚一切的來龍去脈……。

「你不會是要回去找她，跟她解釋剛才只是誤會一場吧？」

高柏堅回頭望著佐樂，不解自己的心思怎麼這麼輕易被她看穿？稍早，他已經當著自己部屬的面，被前未婚妻冷嘲熱諷了事業成就，現在，他怎麼能，對眼前這個成天捉弄他、挖苦他、無時無刻等著將他一把鼻涕一把眼淚的模樣錄影存證以示威脅的狡猾女孩，展現出自己最脆弱的一面？

「不是。」為了維護上司威嚴，高柏堅毫不猶豫地掏出皮夾，抽了一張千元鈔票遞給佐樂。「今天辛苦了，拿去坐車。」

「謝啦，那我先走了。」佐樂笑了笑，抽走鈔票轉身離去。

見佐樂走遠，高柏堅還不太放心地走上前幾步，直到他看見佐樂邊走邊打電話叫計程車，才邁開步伐朝反方向的會議廳奔去。

高柏堅轉身後，佐樂放下貼在耳邊的話機，緩緩轉過身來。嗅到八卦氣息的佐樂，決定悄悄尾隨著高柏堅。

見他心急如焚，寧可花錢打發她走、也不願意讓她知道的祕密，她怎麼能不挖出來？

高柏堅匆匆忙忙地跑回方才開研討會的場地，環顧四周，他看見一條又一條筆挺的輪廓，在三五群聚討論的學者身影中，找尋一道凹凸有緻的線條。

程采珊就在那裡。

高柏堅聽見自己的心底「砰」了一聲，他反覆深深呼吸，迫使自己冷靜下來，直到他從心臟跳動的速度確定自己的神色不會露出明顯異狀，才緩慢地走上前。

「嘿。」他打了聲招呼。

「噢，嗨？」程采珊螓首一側，蹙緊的額頭和微揚的尾音正詮釋著她的疑惑。「你的……助理呢？」

這時，佐樂正混進人群裡偷吃餐點，從巨大的香檳瓶後面悄悄探出那狹促的笑容，窺視著。

「她走了。妳有空嗎？我有、有些事想問妳。」高柏堅看了看四周，顯得坐立難安。

「什麼事？」

高柏堅沒有回答，卻依舊佇立在原處，像個做錯事卻不願開口道歉的孩子。雖然倔強，但他不得不承認，這一刻起，他才終於敢低下視線，與程采珊的雙眼四目相對。

高柏堅不說，程采珊也知道他想換個地方談。她想了想，稍微鬆開緊鎖的眉頭，吁出一口好長的氣。「好吧！」

待兩人遠離人群，經過兩棟研究大樓，程采珊猛然停下腳步，雙手抱胸轉過身擋住高柏堅。「問吧，你還想知道什麼？」

「那個時候，妳有沒有騙我？」

「柏堅。」程采珊不動聲色，只是淡定地嘆息，像個對青少年極有耐性的老師。「當年是你在婚禮上，當著所有賓客的面離開我的。我覺得我現在能夠站在這裡跟你平心靜氣的說話，已經是對你莫大的寬容了。現在我就要結婚了，這些答案對你沒有意義了。我們，已經過去了。」

什麼？佐樂聽聞至此一愣，她屏住氣息，繼續聚精會神地聆聽。

他沉吟半晌，悶悶地迸出這句話：「……但我還沒有過去。」

「我的回答，會改變我們的關係嗎？」采珊反問。「如果我說我當年沒有背叛你，是你自己胡思亂想，然後呢？我要假裝你從來都沒有拋棄過我，放下我的未婚夫跟你重新開始嗎？」

他語塞了。剛才演練了什麼台詞來著，為什麼他現在驀然回首卻發現自己滿盤皆輸？為什麼在自己愛過的女人面前，他永遠笨拙、永遠俗不可耐？

「你連自己要什麼都不知道？你走吧……」

「我沒有要跟妳重新開始。」高柏堅提高了音量。「那時跟妳在一起，我們之間有太多祕密，我永遠忐忑不安、永遠會讓我發現一堆可疑的線索，我知道，逃避不是一個好的處理方式，現在我要的只是一個答案，然後就可以結束了。這要求過分嗎？」

佐樂怔了，聽著那音調裡的男性自尊夾雜著委屈與無奈，她竟覺得心疼。

程采珊沒有立刻回答，她的雙眼盯著高柏堅許久，爾後，又低下頭看了看地上，理了理頭髮，迷人的笑容中有一絲苦澀。「好，那我就誠實告訴你，我當年沒有背叛你。你就永遠帶著這樣的遺憾，永遠把我放在心裡吧！」

「妳怎麼可以……」高柏堅顫抖著。「怎麼可以這麼殘忍。」

「柏堅，我曾經很愛你。」程采珊覺得很疲憊。「對我而言，你永遠都是我生命中最想共渡一生的人，以前是，現在是，未來也是。你既聰明、又有才華，無論和你談多久的戀愛，都能很有意思。」

高柏堅緊繃的臉部肌肉稍微鬆了。

「但事實是，我沒有辦法跟你共渡一生。」程采珊泛淚的眼睛裡流露著不捨與傷感。「你很清楚，學術研究圈裡有一半以上都是男性，我必須長時間與他們共處，可是你沒有辦法放手讓我這麼做。我們沒辦法建立信任。」

「我就是不懂，妳為什麼非得跟他們一起工作？沒有人比妳更清楚我的研究想法，我的每個研究計畫，我都希望妳一起參與……」

「那不是我要的。」采珊說。「柏堅，我希望我能靠著自己的力量，主導我每一個研究想法。但你太閃耀，跟你一起工作我永遠無法證明我可以。我要的信任，你給不了。我試過各種方法了，真的，我唯一能對你做的，只有放手……」

佐樂倒退幾步，知道自己不該聽再聽下去。

謎底揭曉了。高柏堅之所以看她不順眼，是因為他是痛恨別人說謊。高柏堅之所以痛恨別人說謊，是基於前一段關係帶給他的陰影……。

其實他受過的痛苦，她又何嘗沒有在葉承宏那裡遭遇過？在某種程度上，他們根本就是同病相憐，只是，傷害發生後，她選擇當那個傷害別人的說謊者，而他選擇當那個探勘祕密的偵探。佐樂不禁為高柏堅感到心疼，又為自己這些年的快活逃避感到愧疚。

佐樂越想越激動，不自覺加快了腳步，一個不留神，高跟鞋叩叩敲出了一點輕微的聲響。高柏堅聞聲，反射性地望向長廊尾端，沒見到佐樂，卻在心底劃下一道問號。

她不是已經走了嗎？為什麼，這高跟鞋的反饋節奏這麼熟悉……。

※

身為一個外科主治醫師，就注定要被高強度工作占據大多數的時間。

對於自己當初的選擇，穆佑文一點也不後悔，畢竟穩定的戀愛、家庭生活，他從來不嚮往，被同一個女伴綁住所有的閒暇時間，他更避之唯恐不及。踏上外科之路的這幾年，他一直保持單身，並且怡然自得。至於那些，因為零碎的值班時間而產生的寂寞，他也有自己的方法調劑。

穆佑文在醫院附近的飯店洗了澡，下半身裹著純白色的浴巾踏出浴室，赤裸的上半身雖沒有鮮明的肌肉線條，然而，他的眉宇之間依舊充斥俊俏的魅力。雖然在這年代，花美男並不是最受歡迎的類型，但五官俊挺、能言善道的男人，自然保有他們的基本票房。

穆佑文便是其一。

床上的被窩裡躺著一名面容姣好的女孩，正睡得香甜。穆佑文望著她的睡相，臉上露出完食的飽足。他並不打算與女孩一同小憩，他像隻貓，動作輕巧地摸走躺在床頭的手機，檢視來電記錄。

最近的一通來電號碼的主人，正是躺在床上的女孩，只是，她在穆佑文的手機中仍是一串手機號碼，還沒有個具體的名字。穆佑文使用手機有個特殊的原則，他很少將約會對象的電話號碼存到通訊錄裡，只有在他自認已經征服了這個女生，才會為她們的號碼寫上姓名。

穆佑文喜歡享受將女孩名字存入手機中的這一刻，在他扭曲的思維中，這就好像在為自己捕獲的獵物製作標本，另一方面，為女孩命名的儀式也有實質的作用，就是讓他避免日後又誤接這些女孩的來電。

對穆佑文而言，贏得女人好感的後果往往一體兩面，這意謂著請神容易送神難。與生俱來的外在條件和自信，使穆佑文從來不為贏不到女人青睞而煩惱，即使有些女人並不怎麼吃他這套，他總是能夠再找到下一個目標，沖淡小小的挫折。

不過，每當他身處的愛情關係出現相處上的問題，他總會信誓旦旦地催眠自己，人生中總有更耐人尋味的插曲，只要他願意走上岔路。久而久之，這種偏執的信仰，讓穆佑文變成來去自如的遊牧民族，既然他能確保每一餐都獵得到肉吃，何必辛苦耕作一片田，看天吃飯呢？有了這麼具說服力的偏執論調，穆佑文索性完全摒棄單一對象的交往模式。

穆佑文在手機上為眼前的女孩輸入姓名，按下儲存鍵後，他披上襯衫，從容地將鈕扣一顆顆地扣上，再套上褲子。這時，床上的女孩睜開眼睛。「你要走了？」

「嗯，時間差不多，我該回醫院了。」穆佑文笑得溫柔，卻不接近女孩，始終保持一些距離。「妳累的話可以再睡一會。」

「那~你要值班到什麼時候啊？」女孩似乎察覺了穆佑文態度的微妙變化，拉長尾音撒著嬌。「我們這兩天可以再吃頓飯，這次我想吃……」

「兩天後的事兩天後再說吧！我趕著上班，妳乖，好嗎？」穆佑文終於傾身吻了女孩面頰一記。

「嗯……」女孩的語調消沉了些，對這樣的反應不太滿意，卻又莫可奈何。「那你再打給我喔！」

「嗯。」穆佑文瞇起眼笑了笑。「我先走了，到家傳個簡訊給我。」

「嗯！」女孩放了寬心，綻出笑顏。

穆佑文拿起手提包，眼神快速掃過飯店房間一圈，確認自己沒有遺漏任何私人物品，爾後，踏著不疾不徐的腳步關上房門，彷彿先前鋪陳了三個禮拜的約會回憶，就在關上門的瞬間被封印。

穆佑文走到電梯口，發現手機正在他的手提包裡震得嗡嗡響，他眉頭一皺，拿起手機看，發現號碼並沒有被貼上標籤，便放心地笑了笑，順手接了起來。「喂？」

「你是……穆佑文嗎？」電話彼端傳來女孩的聲音。

「我是，怎麼了？」穆佑文開始感到這聲音耳熟，他技巧性地不向對方詢問名字，打算直接從對方的來意判斷聲音的主人。「妳的聲音怪怪的？」

「你晚上有事嗎？我們可不可以見個面？」

他想起來了，這是為舅舅工作的那個年輕女助理的聲音，一個愛跟他玩捉迷藏，又被他嚇得像隻驚弓之鳥的女孩，于佐樂。

對於佐樂這個總是差臨門一腳就得手的獵物，穆佑文興味濃厚，從他的經驗判斷，佐樂並不討厭他，那天晚上在酒吧他們雖然喝多了，但激盪起來的火花也是真的。只是佐樂有些矜持，加上她還沒搞清楚自己想要什麼罷了。何況，幸運之神似乎挺眷顧他的，讓他們在現實生活也有交集。因此對於佐樂，穆佑文認為他遲早能得手，只是時間問題，他沒有固定交往對象，有的是時間與她耗，要約幾次會他都樂意奉陪。

「可以呀，我今天晚上剛好有空，要一起吃個飯嗎？」

「咦？好……」電話那頭的佐樂，似乎有點意外穆佑文答應得這麼乾脆。

「我一直在等妳電話。」穆佑文的聲音溫柔了起來。

「別說客套話了，我很容易當真的。」佐樂說。

穆佑文輕皺眉頭。「妳聽起來狀況不太好，妳現在在哪？我開車去接妳吧。」

他聽完佐樂描述現在的所在位置後，掛掉電話，搭電梯到地下停車場，找到自己的車坐回駕駛座，他熟練地稍稍撥亂頭髮，好讓自己看來隨性一些，最後，穆佑文滿意地停止這些善後動作，像個剛做完案的連環殺手，從容又冷靜地驅車離開，朝下一個目標接近。

「妳知道嗎？一對男女會見到第三次面，表示他們之間應該很清楚，自己想跟對方發展什麼樣的關係了。可是，這好像不是妳今晚約我出來的目的。」

「你，應該不是心理學家吧……」佐樂的胸口彷彿被刀子淺淺地刺了一記，為什麼最近遇到的男人總是很愛猜她的心？

Chapter 6

單身公寓

佐樂很少對自己做的事感到懊悔，但是，今天卻是一步錯步步錯的骨牌效應。

首先，她竊聽了程采珊與高柏堅的對話，然後失魂落魄地拿起手機，向不太適合扮演救贖角色的穆佑文求救，現在不只約了要見面，根據約定的時間點，他們極有可能在飯後小酌一杯，並且續攤到下一個有無限可能的未知地點。

而讓這些行為脫序演出的關鍵，來自程采珊說出的一道關鍵字，信任。

在過去的戀愛關係裡，佐樂向來都是配合度高的女友，她識趣講理、不愛胡鬧又好相處。她可以很獨立，即使她有多想天天與男友膩在一起。

葉承宏說他在開會、所以今天不能一起吃晚餐了，她就到書店讀一整夜的英文小說，到了最後，葉承宏連假日都推說有工作要忙，要她別來住處煩他，佐樂乾脆就在每週末安排語言交換，將每個原本預計給葉承宏參與的空檔填滿。

即使身邊的朋友都告訴她，一個男人在假日有許多不能見面的藉口，八九不離十就是有鬼，她還是堅定地勸服自己，細水長流勝於緊迫盯人，那些鎮日疑神疑鬼、人肉搜索的神經質女孩做不到的「信任」，她輕而易舉達成，多麼瀟灑，她為此感到自豪。

直到，確鑿罪證不留情面地證明，她的「信任」簡直就如愚忠般可笑，「信任」二字頓時變成一個好大的問號。

沒想到今天因緣際會，重逢這個疏離許久的生字，佐樂像是在畢業紀念冊裡瞥見少女時代暗戀對象的照片一樣，依舊對它無法招架，依舊一看到它就不爭氣地慌亂。

於是，理智的保險絲本能地斷電，她不想面對這些會令她情緒超載的回憶，她知道自己需要另一條迴路，逃避排山倒海而來的情緒坍方，她必須……立刻回歸這一年來有趣又足以轉移她注意力的生活。

佐樂在電話簿中搜尋了幾個名字，她需要一個看似和她有發展可能，卻不會對她那麼認真的男人，出來吃個飯、喝一杯、聊聊天，以撫慰她的心情。

最後，佐樂選擇將這個機會給了穆佑文，她不期待會從他那裡得到什麼救贖，只希望今晚能像他們在酒吧邂逅的那晚一樣，純粹開心。

※

「妳想不想知道，那天晚上我是怎麼回到家的？」穆佑文將手中不加冰的威士忌淺淺飲一口，慢慢在喉間讓味道化開，佐樂知道他是在展現自己對酒的品味，雖然稍嫌刻意了些，不過當他喝完酒展眉笑出來時，已是瑕不掩瑜。

「噢，天啊，拜託不要跟我說這個。」聽聞此事，佐樂笑彎了腰，雙手舉高作勢投降：「對不起，我知道錯了。這大概是我這輩子欠下最大的人情了。」

「別這樣，妳應該這麼想。」穆佑文說得起勁。「假設，有個男人和女人，在酒吧認識，他們聊得投機、也很來電，不過女人很矜持，她從不主動跟男人開口要電話、即使交換號碼她也不存對方電話，只等對方打來，結果這男人身上沒手機，只好憑著喝了二十杯龍舌蘭的記憶力，記住女人的電話號碼，等他上了計程車，已經忘了末三碼。妳覺得，他們不在夜店卻能重逢、還能認出彼此的機率有多高？」

「這是寓言故事嗎？」佐樂笑。「感覺這篇講稿練習了很久。」

「不是喔，這是即席演講。」穆佑文聳聳肩。「我不知道，吃了妳的閉門羹後，又遇到妳、而且認出妳來，說這是『緣份』，感覺好像……有點老派。」

「你還是不要說出那兩個字，哈哈哈哈，這真的有點違和！」佐樂笑到猛力拍打吧台，她一口飲盡杯中的調酒，將酒杯推到 Bartender 面前：「Vodka。」

「妳今天比我們之前出來玩的那兩次更放鬆。」穆佑文手掌稍微撐著頭，側頭打量佐樂。「這段時間還好嗎？」

佐樂沒想到穆佑文這麼快就切入重點了，但她不動聲色，只是微笑。「我話太多了嗎？」

「其實我覺得這樣很好。只不過……」穆佑文凝視著佐樂，好希望自己有透視她的能力，可他終究無法。他搖了搖手中的威士忌，繼續說：「妳知道嗎？一對男女會見到第三次面，表示他們之間應該很清楚，自己想跟對方發展什麼樣的關係了。可是，這好像不是妳今晚約我出來的目的。」

「你，應該不是心理學家吧……」佐樂的胸口彷彿被刀子淺淺地刺了一記，為什麼最近遇到的男人總是很愛猜她的心？

「我很希望我是。」他看著佐樂，眼角漫著笑意，順手拋出一記直球。「這樣我就不用追妳追得這麼辛苦了。說吧，妳今天打給我想得到什麼？」

「只要我說出口你就會給我？」佐樂側首試探。

「看妳想要什麼？如果要財，看數字，我在能力範圍內儘量滿足妳。如果要色，樂意之至。」在酒精的催化下，穆佑文很輕鬆的把真心話當玩笑話說，語畢，他身體向前微傾，湊近了佐樂飽滿的粉唇。

「我想聽你說真心話。」佐樂拉開距離。「你談戀愛會對另一半說謊嗎？」

穆佑文全身凍結，他愣愣地連眨兩下眼睛。這些話不該出現在這場約會的劇本裡。如果問這些問題是佐樂今晚約他的目的，那他今晚是不可能得到她了。這種局勢，花言巧語都會成為強詞奪理，唯一有勝出機會的，是大膽的坦白。

「我不談戀愛。」沒了包袱，穆佑文直截了當。

「為什麼不談？」

「因為我的慾望無窮。就像現在，我面前坐著一個我很喜歡的女生，但如果我有女朋友怎麼辦？我有兩個選擇，一，我為我的女朋友放棄妳，繼續跟我女朋友談戀愛，但我每次想到妳，就覺得可惜，然後越來越不開心。二，我不管我女朋友，硬是追求妳、得到妳，然後我女朋友傷心了，或者妳傷心了，我也不好過。因為這些慾望，引來無謂的人際糾紛，戀愛太麻煩了，所以我不談戀愛。」

「好像蠻有道理的……」佐樂雙手抱胸，消化著他說的話。「不過，對付你這樣的人也不是沒有辦法，如果我今天堅持，你不跟我交往就得不到我，會怎麼樣呢？」

「原來妳是來踢館的？我是不是跟妳的好姊妹有仇？」穆佑文愣了愣，皺著眉頭笑，雙手高舉作投降貌。

「我只是想知道，如果時光倒流，我會不會贏他。今晚，把我當成你想得到的女生，我會用盡一切的力氣抵抗你。」

「妳真是我遇過最奇怪的女孩子。」穆佑文輕嘆口氣，他雖然不知道，佐樂口中的他是誰，但他今天明白了一件事，這女孩的心曾經被一個男人撕裂得支離破碎。

一個，氣息與他很相近的男人。

※

穆佑文居住的公寓不算小，就像許多都會雅痞的住處一樣，使用色調簡約的家具，有個小吧檯、小陽台、小廚房，一櫃子的中文書、幾本外文雜誌，即使突襲檢查都乾淨得一塵不染。

然而，佐樂卻注意到，穆佑文的公寓有個近乎偏執的奇異之處，那就是，所有用品都是單人份的。單人沙發、只有一只杯子、一副碗筷、一個漱口杯一支牙刷、一個枕頭、一張椅子……完全沒有容得下另一個同居人的空間。

「你家……真是個不太適合約會的地方。」佐樂坐在單人沙發上環顧四周，直覺得有趣。

「坦白說，我們現在並不算在約會。」穆佑文在杯中放冰塊，倒了點純威士忌遞給佐樂，打趣地問：「我只有一個杯子，不介意跟我間接接吻共享一杯酒吧？」

「謝謝。」佐樂接過酒，淺淺嚐了一口。「我是不是壞了你的好事？」

「有一點。不過，妳是自己找上門的，不是我計畫性的獵捕，現在只算是天下沒有白吃的午餐。」穆佑文也拿起杯子，喝了口威士忌。

「你挺幽默的嘛。」佐樂打量著穆佑文。「也沒有我想的那麼可怕。」

「我還真看不出來妳哪裡怕我了？」穆佑文苦笑搖頭，又凝望著佐樂的眼睛。「不過，妳倒是比我想的還要吸引人。」

「為什麼？」

「也許就是得不到吧？」穆佑文意有所指。他忍不住回溯過往與女孩子約會的記憶。以往，即使他堅持要帶女孩子看夜景上旅館，還是會有不少女孩子吵著要來他的公寓，然而，由於這些女孩要的東西都一樣，就是一段穩定的愛情關係，因此，最後總會屈就於他、讓他優雅擺平，無欲則剛的于佐樂接近他，卻只是要滿足她的好奇心，穆佑文也只能投降。並且更神奇的事發生了，他竟破天荒的，帶佐樂踏入這個從未有任何女人佔領過的聖域——他家。

「別沮喪，偶爾深入了解一個人不是很好玩嗎？」佐樂笑著，手中的酒水忍不住一口接一口。

「很累。」穆佑文說。

「不談交往，只當朋友是不會累的。」

「我想跟妳當的並不是朋友。」穆佑文苦澀的笑。

「你聽過狼來了的故事嗎？老是掛在嘴邊的事情，說多了，就不是真的了。就像你說你喜歡我，聽了幾次就不覺得是真的了。」

「我以為妳分辨得出來。」穆佑文有些鬱悶，他喝了口酒，發現威士忌被融化的冰塊稀釋了，又倒了些進杯中。

「那上次見面，你說的喜歡是真心的嗎？」佐樂湊近他。

「如果我說，當時是假的，但現在卻認真了，妳會相信嗎？」穆佑文的神情不像在開玩笑，他一手順勢摟住佐樂的纖腰，將她拉到自己的大腿上，雖然這次，他沒有太大的把握征服她，但他還是想一親芳澤……。

佐樂的手機鈴聲在皮包裡作響，中斷眼前好不容易成型的催情氛圍。佐樂回過神來，聽出來這是她為高柏堅設定的鈴聲，便直覺向一旁轉頭，要找手機。這時，卻被穆佑文一把阻攔。

「不要接。」穆佑文的眼神有些迷亂，他懇求著。「可以嗎？」

佐樂沒搭理他，逕自脫離穆佑文的摟抱，找到自己的手機，拿起來一看，卻沒打算接聽。

「是我老闆。」佐樂把手機轉成靜音。

「妳不接？」一旁的穆佑文興味昂然地觀察佐樂。「這樣好嗎？」

「不用了，他這人就是愛發神經。應該不是什麼要緊的事。」她搖搖頭，嘴上雖這麼說，但一想起今天高柏堅與程采珊的對話，不禁蹙額。

他，剛才跟前未婚妻說了那些話，心裡一定很不好受，是不是想找人聊？這麼顧人怨的傢伙，應該沒有朋友……。

就在佐樂猶豫的當兒，一封簡訊飛來：「妳在哪？」

佐樂讀完訊息，眉頭一皺，猶豫著要不要回。

「我想起來了，是上次跟妳一起來醫院的那位嗎？」穆佑文回憶道：「他上次一直盯著我看。」

算了，他今天利用她，把她當前未婚妻的假想敵，又過河拆橋急著打發她走那是什麼態度？乾脆讓他自生自滅！

「心理學家本來就怪怪的，別跟他一般見識。」佐樂沒好氣地說，纖長的手指頭快速在手機上滑動，回了訊息：「在家睡覺。」

訊息一傳送成功，佐樂突然有些害怕，莫非高柏堅想做什麼傻事？這傢伙平時嘴上不饒人，意志力應該沒有這麼薄弱吧？突然有點令人擔心。

「我想回家了。」佐樂站起身來，突然決定離開。「謝謝你今天的招待，我心情好多了。」

「不能留下來嗎？」穆佑文有些失望。「還是真的跟妳老闆有關係？」

「當然沒關係。」佐樂環顧公寓，淺笑。「是我繼續留在這裡太危險了。畢竟這裡不適合多一個人住，還是讓你保有私人空間吧！」

「我都願意讓妳來了，還有什麼私人空間可言？」穆佑文調侃的同時，意識到自己的情感有些失控了。「只要妳願意，隨時歡迎妳來。」

「我討厭別人說謊，不過這句倒是挺好聽的。」佐樂稱讚。

「這麼晚了，我開車送妳回去？」穆佑文在內心深處歎息。那不是謊話啊，他都快摸不透這女孩到底是真傻還是裝傻了……。

「還是不要吧，如果你被抓了酒駕怎麼辦？」佐樂禮貌婉拒。「我自己叫計程車回家就可以了。」

「我跟妳一起搭車送妳回去吧。」穆佑文的表情不像在開玩笑。「這一次，我是真的想保護妳。」

穆佑文覺得自己像是回到第一次談戀愛的時光，他會陪著自己有興趣的女孩穿越沒有路燈的暗巷，陪她搭車到不屬於他的目的地，然後笑著跟女孩說再見後，才發現自己不知道該搭哪班公車回家。

他陪佐樂上車，在計程車駛離巷子的那一刻，另一輛計程車駛入巷內，恰巧與佐樂他們擦肩而過。

高柏堅手拿著平板電腦，螢幕顯示于佐樂的手機訊號定位就在這裡。他承認自己某些時候就像跟蹤狂，但他就是想不透，一個女孩如果真的乖乖在家睡覺，為什麼能回簡訊卻不能接電話？他直覺判斷于佐樂是在說謊，但既然是謊話，他就忍不住想求證個一清二楚，于佐樂為什麼要騙他？尤其是今天，他比平常更無法接受任何人對他說謊。

倏地，高柏堅的謎團，就在看見停在轉角的那輛眼熟Lexus時有了答案。但他不知道的是，穆佑文的存在，其實不是唯一解。

※

「耶？後來呢？」

在管理學院辦公室上班的人都會一致認同這件事，當所有人還沉浸在Monday Blue的星期一早晨，昶曦甜美乾淨的聲音就像一杯香氣四溢的濃咖啡，即使不是親自品嚐，也能有相同的提振效果。

院長辦公室內，佐樂正替李其琛拆閱幾封重要的郵件，專心讀著內容，一旁的昶曦卻已迫不及待地關注起後續。「高老師的未婚妻長什麼樣子？高老師長得不錯，未婚妻應該也蠻漂亮的吧！」

長得不錯？佐樂聽了，直覺想翻白眼，不過下一秒，她的腦中已經不由自主地閃現出高柏堅的臉。

她不得不承認，高柏堅的確有那個外在條件，自己當初在機場也差點為高柏堅傾倒，只不過極其惡劣的王子病人品，已經讓她把一切好話三緘其口。

「我沒仔細看，不過我想這一段應該是已經結束了。」佐樂避重就輕，畢竟有很多事一提起，又會讓她陷入回憶。

就在此時，高柏堅恰好走進院辦，正要開門進李其琛的辦公室，卻在門口聽見佐樂從口中說出吊詭的關鍵字。

結束？是代表她跟那台 Lexus 結束嗎？不過才相隔一個令他輾轉難眠的週末，回首看竟然滄海桑田，這女人還真有才，已經把人從取用快轉到拋棄？還是……她拋棄的其實是別人？為的是跟這 Lexus 交往？真是，高啊！

「高老師，有什麼事嗎？」在高柏堅正想偷聽下去的當兒，佐樂已經發現高柏堅正站在門口，硬生生打斷他的妄想，徒留給他一個無限大的懸念。

「我有事要找李老師討論，他還沒進來嗎？」

「李老師今天早上去演講了，會搭下午三點二十六分的高鐵回來，不過他晚上還有課，別在他要吃晚餐的時間打擾他，應該還可以給你三十分鐘的時間會談。」佐樂倒背如流地將李其琛的行程告知高柏堅，這樣難得的友善態度，建立在她上週撞見他被前未婚妻不留情面打臉的條件上。

「謝謝。」顧及昶曦在場，高柏堅臨走前對佐樂丟下這句話：「到我研究室來。」眼見高柏堅轉身離開，佐樂與昶曦交換一道眼神，無奈地聳了聳肩。

高柏堅帶著一張撲克臉進入電梯，正要關上電梯門的那瞬間，他聽見佐樂輕快的高跟鞋聲，心中的警鈴登時大作！他說的是到他研究室，不是此時，也不是在電梯裡！他還沒結束他的思考迴路，密閉空間會導致他們距離太近，氣味鼻息都會干擾他！

高柏堅假裝沒看到她，伸手猛戳關門鍵。但不幸的是，佐樂已從容趕上這班電梯，裙擺還險些被門夾到。

「你幹嘛關那麼快？小學生啊？」佐樂皺眉不解。

「我沒看到妳。」高柏堅拿出手機低頭拚命滑，掩飾自己忙著思考的焦慮。

「找我什麼事？」電梯門一關，佐樂已經掛上專業的微笑問。

「到辦公室再說。」

「進來這個電梯後，就是辦公室的範圍了。你直接說吧！」

佐樂有一項神奇的能力，能讓她適時切換心情工作，無論她遇到了什麼鳥事，使她情緒瀕臨崩潰邊緣，只要她一搭上管理學院電梯，關上電梯門的那一刻起，公就是公，私就是私，不留給她失控的餘地。

「我需要做制約談判心理實驗，幫我找一百個實驗對象每人每小時一百元。」高柏堅隨口捏造了一個工作要求，一邊暗暗觀察佐樂全身上下的細節。

頭髮不油，洗了。髮型、捲度卻一如往常。

香水味，不一樣了。

襯衫也換了，沒有硬塞進包包裡的皺摺。

「知道了。制約模式的問題是什麼？」佐樂一邊速記高柏堅的要求，提出反問。

高跟鞋也換了。要去別人家過夜，不可能帶著整髮器、香水、高跟鞋、熨斗……太離奇了，高柏堅忖著。

「高老師？」佐樂見高柏堅出神，輕喚：「你的問題核心是什麼？」

問題核心？問題這麼明顯還用他親口解釋？所有的證據都顯示，她是從自己的家來上班的，沒有在別人家過夜的蛛絲馬跡，這跟他的推理完全矛盾，他的問題當然是——

「妳上週末在做什麼？」高柏堅無意的脫口。

「啊？」佐樂一愣，這是什麼沒頭沒腦的邏輯。

「呃……」高柏堅這才回神，發現自己壓根忘了什麼實驗設計，還把內心對她的好奇講出口。Damn！他竟然連一趟電梯的時間都撐不住，讓她進來一起搭電梯果然是錯誤的決定。

佐樂忖了忖，即使對心理學一竅不通，但看高柏堅慌張的模樣，也大致看懂了高柏堅在想什麼：比起前面的工作請求，最後那句話才是高柏堅真正的請求。

現在倒關心起她的私生活了？難道這就是心理學家獨特的療傷方式？

「我想起來了，你上禮拜五下班後是不是有打給我？」佐樂興味頗豐地看著他的反應。「有什麼急事嗎？還是就是這個實驗設計？」

「我一想到什麼事要做就沒辦法壓在心裡。」高柏堅睜大銳利的雙眼觀察她的表情。「打擾到妳的休息時間了嗎？還是那時妳正在約會？」

約會？佐樂腦海閃過穆佑文的臉，以及那晚，極其微妙的精神交流，不禁覺得很有意思。畢竟，她已經很久沒有約這種孤男寡女共處一室卻不踰矩的會。

「我想，我的私生活不足以解決高老師迫切需要解決的問題吧。」有那麼一瞬間，佐樂的嘴角勾起、眼睛瞇得正彎。而這一幕恰巧被高柏堅盡收眼底，他毫不猶豫地判讀出這個情緒，怎一個春心蕩漾了得。

愛說笑，他最迫切解決的問題當然是她啊！這不知天高地厚的小妞自以為微不足道，但那小小的問題可是他這週末完全無法思考、專注的元兇！

「我只是擔心妳。」高柏堅脫口。

擔心什麼啊？佐樂簡直啼笑皆非，上週末搞成這樣，她才擔心他好不好。

話甫出口，高柏堅即刻被自己過重的用字給嚇出一身雞皮疙瘩，急急忙忙解釋：「我意思是，現在有很多新聞事件都是從盲目約會來的，妳沒回電話，我當然會覺得有點不對勁，不過……看妳今天春風得意的，應該是不用擔心，畢竟妳可能是被那台Lexus帶回他的住處共渡一個甜蜜週末。」

七樓到，門開。

佐樂卻沒有如往常，優雅地跨出電梯。登時，她在腦海中飛快反芻高柏堅的喋喋不休，終於，她察覺哪裡不對勁了！

「你跟蹤我？」她顫抖著，整張臉垮了下來。

「我……」高柏堅想說我沒有跟蹤妳，我是用追蹤訊號。不過他再不諳人情世故也知道，再笨的狗嘴即使吐不出象牙，也不該老實把狗牙排出。

佐樂努力讓自己保持平靜，「你記不記得我警告過你什麼？」

警告？高柏堅還沒意識到事態嚴重，只覺得佐樂反應過度。在他個人的定義裡，研究助理的職責不就是「幫他研究」以及「被他研究」嗎？他要不是對這女孩的說謊行為這麼感興趣，早就把他開除了。這女人有必要如此小題大作嗎？

「我再問你一次，星期五晚上你是不是跟蹤我？」她抱持一絲期望追問。多希望這些話只是出於心理學家無聊的小劇場。又如果，他真的做了這麼變態的事，好歹也該道個歉，她也許還可考慮緩刑。

「這不是跟蹤，只是循線追蹤。」然而，高柏堅卻只是一再强辯，也沒有否認，如此忝不知恥的惡劣態度，只令佐樂又跌落更深的失望中。

「你要跟我裝傻也無所謂，因為我已經警告過你了。」佐樂氣呼呼地把高柏堅推出電梯，自己卻留在裡面，按下一樓按鈕，對高柏堅撂話：「謝謝你帶給我這麼美好的工作回憶。七樓到了直走右轉謝謝。對了，那個實驗設計恕我無法幫上忙，因為從今天起，我不幹了。」

被攆出電梯的高柏堅還一頭霧水，佐樂已經關上電梯門，揚長而去。

即使佐樂到管院辦公室遞交離職申請書時，曾交代經手的行政助理別聲張，然而，她前腳一出，所有的教職員全都爭先恐後飛撲上前朝聖這張表格。於是，佐樂遞辭呈的消息在短短兩個小時內就傳遍管院上下。

佐樂是抗壓性數一數二、辦事能力無可挑剔的王牌助理，也因為她出色的工作能力，才讓李其琛重用至今，想當然爾，學校也給她不錯的待遇。而如今，向來沉著淡定的佐樂竟在學期尚未結束時驟然請辭，這麼稀奇的事怎麼說都是熱門話題。只是，礙於佐樂對此事全程低調，管院上下又對佐樂敬畏三分，也只能乖乖閉嘴，靜候外出洽公的李其琛回來秉公處理。

不過，當眾人還對請辭事件繪聲繪影地分析原因時，昶曦已經耐不住性子，率先衝進高柏堅的辦公室。

「高老師！拜託你，請你找佐樂姐談一談，看有沒有可能讓她留下來？」

正在審稿的高柏堅眉頭一皺，這已經是今天下午以來第三個登門造訪為佐樂求情的助理了。

高柏堅向來跟自己的研究助理不對盤，不，更正，是那些笨蛋跟他不對盤！區區一個研究助理的去留，他根本不在乎，他只是有點好奇，于佐樂這女人究竟何德何能足以獲得這般好人緣？

「妳做過研究嗎？」

「啊？」面對高柏堅的答非所問，昶曦感到疑惑。「呃，寫過論文……」

「既然如此，妳難道不知道什麼叫做找對問題才能解決問題？要辭職的是她，問題當然出在她身上，問我就能夠對症下藥嗎？妳的問題解決能力到底在哪裡？」高柏堅罵人雖不帶髒字，卻無比刻薄。「我再重申一次，我沒有義務要幫忙慰留這棟大樓裡有離職意願的任何員工。」

此言一出，涉世未深的昶曦根本招架不住，她呆愣在原地，只覺得此生未曾受過這般屈辱，鼻子還來不及發酸，眼淚就先撲漱漱落下，在昶曦摀著嘴正準備跑出研究室之際，佐樂一把攔住她，陪她一起回到研究室。

「高老師，您真的認為問題出在我身上嗎？」佐樂說完，又心疼地拍拍昶曦的頭。「就算問題真的在我，也請您別指桑罵槐，把無辜的人牽扯進來。」

「請搞清楚妳的處境，距離妳交出那張表單直到妳不用為了到這裡上班而早起的早晨，還有三十天，所以，在這之前我們最好和平共處。」高柏堅嘴角一揚。「否則，一個月很可能是漫長的。」

「佐樂姐……妳真的要走嗎……？」昶曦哭喪著臉，拉住佐樂的手臂。

「別吵，我在跟高老師談正事。」佐樂輕聲對昶曦說，又面向高柏堅。「高老師，我不曉得在你眼裡，一個助理所扮演的角色是什麼？也許我是狗、是豬，或許，我豬狗不如只是台機器。如果你交代我一件必須三天三夜不眠不休才能完成的工作，我這台機器可以毫無怨言達成你的要求，因為我知道我在幫助你。但是，這段時間以來，我越來越不懂替你工作到底幫助了你什麼，我讓你掌控私生活、隱私、行蹤，坦白說，高老師你做這些事並不是在『使用』我，而是在『拆卸』我，你試著拆解我內心深處的每一塊零件，只會讓我好不容易堅強起來的心更支離破碎而已。」

什麼支離破碎？什麼機器？高柏堅對佐樂驚人一席話感到目瞪口呆，他以為這女人只是滿口謊言的騙子，沒想到還是個即席小劇場，這些詞句就從她粉嫩的朱唇中連珠炮似跳出來，彷彿都不用打草稿似的。

「喂……妳別胡説……」高柏堅張口結舌地想辯解，卻發現他的辦公室外居然擠滿了看熱鬧的人，還將佐樂説過的話穿鑿附會、無限上綱了一番。

「佐樂的話是甚麼意思？」

「高老師會挖佐樂的隱私？」

「不是！聽起來好像是佐樂姐有被高老師跟蹤……」

「怎麼會？高老師是跟蹤狂嗎？」

對於這些亂入路人的嘴砲推理，高柏堅簡直要傻了眼，拜託，什麼跟蹤？那叫做循線追蹤！這群活在管院的庸俗生物到底搞不搞得懂這兩種行為的差異?!難道沒有人看得出來，他會去關心一個研究助理的安危、還付諸行動用國安機制追蹤訊號，簡直就是佛心來著的嗎？

「吵什麼？都不用工作啦？」在一片兵荒馬亂的討論聲浪中，一道中氣十足的喝令壓制住越滾越大的謠言，轉瞬間也澆熄了佐樂與高柏堅的戰火。

佐樂與高柏堅循著聲音朝門口看去，只見李其琛走出人群，進到高柏堅的研究室裡，威嚴十足地關上門，把看熱鬧的人全部隔絕在外。

「老師……」佐樂怔怔地看著李其琛，這才注意到牆上的時鐘。「對不起，我應該去接您的……」

「不礙事，這麼點距離，我散散步活動活動筋骨也好。」李其琛搖搖頭，看看一臉尷尬的高柏堅，又瞄了佐樂一眼，厲聲斥責：「倒是妳這丫頭，想離職也不先跟我商量嗎?!」

「老師對不起，我只是覺得，這些小事沒有必要讓您費心。」佐樂再度道歉。

「唉！就會給我製造麻煩，這問題明明就很好解決的……」李其琛看著愣在一旁的高柏堅，興味頗豐地笑了笑。「高老師，你希望她走嗎？」

「啊?!」此話一出，佐樂和高柏堅兩人不約而同一愣。佐樂直想抗議，她可是先提離職的人，再怎麼說也輪不到這該死的假英國佬掌握主控權啊！而高柏堅也萬萬沒想到，選擇權竟然會回到自己手上。這個下午他的確接到不少要求，拜託他留住佐樂，他都快被煩死了，根本沒空好好思考自己到底需不需要她……。

「高老師，您之前不是對我抱怨過，說佐樂什麼陰險、什麼謊話來著的？這麼說來，您也許也希望這輩子永遠都不要看見她了……」李其琛表面上是在遊說高柏堅，卻彷彿另有其他意思。

「等一下，你說過這種話？」佐樂忍不住想發作。

「那是剛到職的時候……這件事我們等下再說！」高柏堅已經夠措手不及，現在又被李其琛這隨手一翻的舊帳搞得方寸大亂。「李老師，我們把重點放在你一開始說的問題好嗎？」

「如果能讓您選擇，您要讓佐樂留下來？還是要她永遠消失？」

永遠消失？這倒言重了。他承認，自己對于佐樂這女人很有意見，然而，按照佐樂的用字遣詞來說，他就是對她好奇、忍不住想猜猜她的心思，難道這不可以是她為他工作所能帶來的樂趣之一嗎？這可是其他助理擦不出來的火花耶！

「我向來不覺得于小姐當我助理有什麼問題，她會這麼解讀我們之間的關係，說實在的我有些意外，我還希望她能繼續為我工作。不過，我尊重她的個人意志，畢竟，我從來沒把她當『機器』或『動物』看待。」語畢，高柏堅淺淺對佐樂一笑，彷彿在示威。

「那成了。佐樂，妳不能走。」李其琛大樂，擅自做了決定。

「老師！」佐樂不服。她萬萬沒想到提個辭呈這麼困難。

「怎麼？不服氣哪？妳知不知道趁我不在衝動請辭，讓我這老闆有多丟臉嗎？」李其琛故意提高音量、擺起威嚴。但當他一轉過頭面對高柏堅，卻露出得逞的一笑。

「我知道讓您擔心了，可是我……」

「那我問妳，妳離職後有什麼打算？」

「我……」佐樂語塞。

「我知道，妳根本沒想過這問題。妳只是因為一時情緒就衝動提出離職，這叫任性！我是不會接受的。妳也別想強迫高老師接受！」李其琛推了推眼鏡，對佐樂說：「我還有話要跟高老師說，妳先出去。」

佐樂强忍著委屈，低下頭，不發一語地轉身離開。高柏堅望著她離去的背影，竟多了幾分心疼。

「李老師，事情既然解決了，我們就一起讓它過去。你也不用特別替她緩頰。」高柏堅開門見山，他無心與李其琛打官腔。

「我沒有要替她緩頰。高老師，接下來我要說的話，都是基於我對佐樂這女孩子的關心。您聽聽，別有壓力。」李其琛找了張椅子坐下，對著高柏堅娓娓道來：「我認識佐樂很久了，從她念書的時候就一直看著她走來。前幾年，她被一個男孩子傷得很重，一個字都沒跟我提，工作狀態也完全沒被影響。不過在系上嘛，八卦今天不來明天也會傳到我耳裡。找她問，她一直都說自己很好，不會影響工作。而她也是在那之後，變得很靈巧、很幹練，我知道，是那些事情改變了她，其實對工作是好的改變，可是就是有一種……」

「她受的傷沒好。」高柏堅皺起眉，輕聲道出自己的觀察。

「是！高老師您說對了！您知道我最擔心她的一點是什麼嗎？就是她從來不讓我擔心。老說沒問題、我很好，做事也沒一點破綻。可到底是個女孩子，自己砌了那麼厚那麼高的牆，把心關起來，後悔的會是她自己。」

高柏堅沉默了。這些事不需要李其琛提，他也猜出七八分。不過，當這些話被李其琛攤開來講，他反而不明白了。「您希望我為她做些什麼？」

「我今天之所以硬把佐樂留在您身邊，是基於私心，畢竟您是最有機會解開她內心那個結的人……我希望您能對她有多一點耐心。不過我也知道，這些要求都不在工作的範疇裡。只是如果您也放棄她，那大概，就真的沒人能改變她了。」

和李其琛談完，高柏堅想了想，知道他必須找當事人來單獨聊聊。不過，沒等他開口，佐樂已經氣急敗壞地等在門口。「為什麼不讓我走?!」

「我的茶呢？」今天的office hour怎麼那麼長？他皺眉。

「你既然一開始就不喜歡我，趁這個機會讓我離職不是很好嗎？」佐樂急問。這節骨眼他還只顧著喝茶，這人有病嗎？懂不懂輕重緩急。

「算了，我自己來。」高柏堅看現在佐樂的狀態是不可能幫自己泡茶了，只好親自動手。無論多緊急的事，他都堅持先喝杯茶，緩衝眼前的緊張。「有什麼事待會再說。」

三分鐘過去了，高柏堅提起茶壺，給自己和佐樂各倒一杯茶。這可是任何人都不曾享有過的禮遇，但這小妞根本沒察覺。

「我沒有不喜歡妳。」高柏堅把茶杯端到佐樂面前，也細細啜飲自己的那份。

「那你到底是怎麼樣？對我日久生情嗎？」

佐樂隨口說出的挖苦，冷不防讓正在喝茶的高柏堅燙到，他口中含著滾燙的茶水，忍受它侵蝕口腔、燒灼舌頭，臉上還硬是保持鎮定。他承認，沒有她的生活的確很無趣，只不過他身為她的上司，怎麼能直接承認自己需要她勝過她需要他？

「我希望妳做為我，一名學術成就非凡的心理學家的助理，能謹慎思考自己所說出來的每一句話。譬如說，『日久生情』就是一種非常政治不正確的形容詞，因為有規律的事情本來就會使人心神安定。另外，不是我不讓妳走，是我不覺得妳一定要走。邏輯稍微好一點的人就會知道，這兩件事雖有交集，卻不盡相──」

「你有完沒完？」佐樂已經搞不懂了，眼前這男人究竟是過度傲慢，還是對社交關係絲毫無感？他怎麼可以這麼顧人怨還理直氣壯?!她氣呼呼地打開word，纖長的雙手飛快為那面空白添了幾筆，然後很快地印出一式兩份，遞給高柏堅。「這個學期結束之前，如果你不希望我搞砸你任何一場學術研討會，請遵守這些規範，簽名。」

「規範？」高柏堅嗤之以鼻，「規範是給沒有自制力的人遵守的……」

「你就是那個沒有自制力的人！」佐樂打斷他，並狠狠賞他一記白眼。

高柏堅悻悻然接過佐樂遞來的文書，只見上面簡明扼要地寫著：

H704研究室工作規則：

一、甲乙雙方不得於工作時間談及私生活。

二、下班或放假期間，甲方不得以工作之外的理由聯絡乙方。

三、甲方不得以監聽、側錄、追蹤、定位電子通訊設備等方式，侵犯乙方隱私權。

若違反上述任何一項規則，甲乙雙方之勞雇關係立即解除。

甲方：高柏堅

乙方：于佐樂

「這樣太不人道了！我要增設緊急條款。」高柏堅一看完立刻抗議。如此惡魔的不平等條約她也想得出來，怎麼能所有的好處都讓她占盡？再說，現在有了李其琛的託付，這些限制只會讓他更綁手綁腳啊！

「你下個定義啊！什麼事叫做緊急？條款內容又是什麼？」佐樂挑眉，露出再美不過的微笑反譏：「是大半夜論文寫得很無聊，一定要有人跟你講話的自私條款？」

「是發現妳夜不歸營，可能與別人舒服地躺在床上卻無法自拔，不破壞一下對不起良知的雞婆條款。」高柏堅淡淡地說。

「你……」佐樂的理智瞬間斷線，她的大眼睛愣愣眨了好幾下。他擔心她？但過幾秒，佐樂立刻排除這個可能。在高柏堅的字典裡，只有窺探，沒有關心；只有凌遲，沒有照顧。

「難道妳以為那醫生對妳會有多認真？」高柏堅雙手抱胸，說：「為了維持我的生產力以及生產品質，總有權關心一下會影響部屬工作情緒的變因吧？」

「這種事不可能發生在我身上。而且，我跟他現在是很單純的友情。」佐樂一笑置之。

「不會吧？排除生理需求共處一室的異性友情是給醜男醜女自我安慰的……」

「你到底簽不簽?!」佐樂佯裝要抽回協議書，對高柏堅露出惡魔般的微笑。「我說過了，如果你不遵守規範，你那非凡的學術地位恐怕就……」

高柏堅急忙伸手壓住那張協議書，心不甘情不願地把那三項規定重新再看了一次，簡直媲美艾西莫夫的機器人學三大法則，這三點根本就是衝著他的個人興趣來的，這麼巧妙的設計完全就是為了對他趕盡殺絕而訂作。這笨女人怎麼能在這麼短的時間內想出這三條黃金定律？

「妳一定是預謀的……」他很絕望地拿起筆，原來這女人剛才在李其琛面前的淚眼婆娑，都是演的！他怎麼就忘了，當他第一次在機場見到她時，她的即興演出是多麼精彩絕倫。真是太大意了！「妳提辭呈就是為了設局讓我跳進這個洞、簽下這張協議書……」

「高老師，您多心了。我怎麼騙得倒你呢？」占上風的佐樂笑容愈是甜美，就愈使高柏堅不寒而慄。「我只是忍你很久了。」

佐樂收下高柏堅簽好的協議書，完全收起笑容。「希望您能說到做到。」

※

對大多數人而言，規矩是被定來遵守的；對少數人而言，規矩是定來打破的。然而，高柏堅卻對規矩有第三種態度。明知故犯是種魯莽，墨守成規又庸俗無趣，在限制中尋求創新的樂趣，才是既明哲保身又具有挑戰性的玩法。

只不過，高柏堅想出來的方法極其老套，就是「操」。既然佐樂只打算公事公辦，那他就成全她。他刻意交付佐樂比以往更多的工作，或者故意在下班前半小時，才丟給她一項超急的稿件修改。佐樂的準時下班計畫的確因此被打亂了幾天，但她也不是省油的燈，短短一個禮拜，她就憑著自己的行政經驗寫出十八套劇本，對付高柏堅在下班前會丟來的突發狀況。

第二個禮拜，佐樂已經游刃有餘，每天快樂又準時地出現在H704門口向他道別，那嫣然的笑容簡直是打他臉的巴掌，彷彿在嘲笑他：無限上綱並不是什麼創新又磊落的整人法，來點新梗好嗎？

隨著佐樂的隱私保障提高，她也毫無顧忌在高柏堅面前，穿起他沒看過的新衣服、做了指甲、重染了頭髮；吃飯時間，她的手機不怎麼離身，一則訊息傳過去平均二分鐘內就會回傳，逗得她眉開眼笑。

她好像很期待下班？那簡訊是傳給誰？是那台 Lexus 還是惡魔有了新獵物？高柏堅能從她身上新衣服的塑膠味中，聞出她有多麼想吸引她的新對象。也能從對方回訊息的速度看出她那對象腦中的精蟲百分比，就是一對拚命澆油但暫時還沒有成功引燃的乾柴烈火組合。這些顯而易見的事他一點也不好奇，他只想知道一個他無法透過科學拆解也無法開口問出的事——那個人是誰。

這天黃昏，佐樂一如往常來到H704辦公室，交出高柏堅準備要投稿的新研究數據校對，一走近辦公桌，他又聞到更令人難以忍受的味道。香水，以及尚未全乾的指甲油味。天殺的，這女人到底有沒有一點常識?!

「高老師，今天辛苦了。」

「謝謝。妳這身打扮是要……？」高柏堅趕緊將衝口而出的「約會」二字吞回肚子裡，那該死的化學製品混合味，已經把他變成一個魯莽的低等動物。

「高老師，您忘了我們的約定嗎？」佐樂甜甜一笑，惡魔般地提醒。

「當然記得。」他說：「我只是想提醒妳，買新衣服不洗就穿並不衛生，對妳待會要見的人也失禮，因為他們總會聞出來。」

佐樂一愣，接著隨即窘得想找地洞鑽。講出這種話的人才叫失禮吧？佐樂看著表面關心，實則挖苦她的高柏堅，抑著怒氣擠出僵硬的笑容。「謝謝你的提醒。」

佐樂氣沖沖地離開H704室，她跨進電梯、按下一樓按鈕，旋即低頭聞起自己衣服的領口。「真的有味道？」

是，真的有。而且那塑膠味挺明顯的。該死，她待會要跟穆佑文在戲院肩並肩兩個半小時，這之間，雖然空氣中可能會瀰漫著別人的爆米花熱狗味，但，離他最近的還是她！況且，雖然她現在與穆佑文以朋友自居，但難保他今晚不會有所突破。佐樂耳畔迴盪著高柏堅那句囉唆的危言聳聽，臉色驟然一變。

她焦慮地拿起手機，發現穆佑文在三分鐘前就傳來訊息，說他快到校門口了。

看著電梯門逐漸關上，佐樂終於按捺不住內心的天人交戰，按下開門鈕奪門而出。

「煩死了！幹嘛跟我說這個啊?!」

她氣急敗壞蹬著高跟鞋朝研究生室奔去，手機卻在這時作響。是穆佑文。

她邊跑邊把手機扔回皮包裡，邁著更大的步伐在長廊奔跑，就這麼經過正在轉角倒水的高柏堅還渾然不覺。

高柏堅認出那冒失的高跟鞋響聲，回頭一看。有趣，這女人折回來了？原因是？他悄悄跟上去。佐樂沒有發現他在背後，急急忙忙開門，閃身進研究室，立刻把門帶上。

被關在門外的高柏堅自然不打算硬闖學生聖地，所以他好整以暇地站在門口喝起水來。

「咦？妳怎麼來了？」雷憲之一如往常，又在裡頭打電動。

「來整理門面，閃開。」佐樂推開雷憲之，直接走向置物櫃，她撥開那些瓶瓶罐罐，從最底層拉出一包塑膠袋，打開一看，拿出一件新的洋裝。「有了！」

「妳連衣服都放我櫃子裡?!」雖然雷憲之出借置物櫃給佐樂擺些「緊急備戰火力」，以備佐樂臨時約會的不時之需，他也從不侵犯她的隱私，但什麼時候還長出一件衣服？他簡直傻了眼。

「這叫做戰備存糧。」佐樂拿起衣物聞了聞，很好，這件衣服沒有任何味道。接著，她立刻打開研究生室的門，一股勁地把雷憲之往外推。「你先出去，我要換衣服。」

「幹嘛啊？我還在出團欸……」雷憲之還急著想回電腦前關注隊友，但佐樂已經把他隔絕在外，鎖上門，開始在裡面換起衣服。

「快開門！不要鬧了！于佐樂！」雷憲之拼命敲門，但佐樂就是不應門。「媽的，我就知道在學校出團沒好事……」

這女人，怎麼可以不顧別人就鳩占鵲巢！雷憲之沮喪地流落在走廊上，想順便上個洗手間，一轉身，竟然看見高柏堅就在他身後。

「高老師？你怎麼在這裡？」雷憲之莫名其妙。

「我……」高柏堅也沒想到，竟然會被學生看到他追來這裡，支支吾吾地說不出來。

就在兩人尷尬互看的時候，門倏地一開，發出好大的聲響。只見佐樂匆匆忙忙奔出來，再倉促跑向電梯口，完全沒有注意到高柏堅也在這裡。

「閃得真快……咦？SHIT！」雷憲之面色微慍，過了幾秒，他才想起自己在電腦前還有團隊副本要打，驚恐得立刻衝回電腦前搶救。

高柏堅盯著佐樂離去的背影，終於察覺到底哪裡不對勁。她換了一套衣服，就在剛才、在這裡……他轉頭，看向在電腦前手忙腳亂的雷憲之，再也抑制不住地揚起嘴角。

他找到突破限制的方法了。

他看著佐樂，今天的她如同往常，無法從公事化的表情讀出端倪。
除此之外，有了昨天那複雜的一道眼神，高柏堅不確定對這女人來說，與穆佑文交往究竟算是喜還悲？
不能問不能問不能問！他的小劇場在心裡焦慮地狂兜圈。

Chapter 7

親暱的3公分距離

佐樂其實不覺得自己會對穆佑文認真，她認為穆佑文也是。這段關係，除了高柏堅，沒有任何人知道。畢竟，要怎麼解釋，佐樂光想就很困難。說他們在約會？首先上床跟交往就不是他們的目標，這種過程怎麼能叫做約會？說他們是朋友，連佐樂自己都會笑出來，這段關係從來就沒有正常的動機。

不過，也許是一起出門幾次，他們之間漸漸形成一種習慣成自然的，氛圍？

穆佑文透過這幾次見面，填補他在一般女孩子身上拿不到的東西，即使實質上，他沒有從中獲得什麼好處。另一方面，經過幾次見面與會後輾轉反思，佐樂已經在內心深處得到一個很殘忍的結論——穆佑文是葉承宏的替身。

三年來，她沒有一天不想回頭找葉承宏，向他再度挑戰，她希望，狠狠被甩掉的人這次會是他。可她不是找不到他，而是知道自己面對這個人鐵定會失控。不是因為她愛過這人，而是因為她太恨這個人。劈腿事件爆發前，他在她心裡是一百分，事件爆發後，他在她心裡變成負一百分，這硬生倒扣的二百分差距，使她根本無從淡定地對付葉承宏，由愛生恨的副作用就是這麼大。

就在這時，她邂逅了習性與葉承宏幾乎如出一轍的穆佑文，藉由一個相似卻不相同的陌生人隔離她的情感。佐樂看他像在看被安全玻璃阻隔的猛獸，她盯著他的一舉一動、分析他的每一句話，見招拆招，並樂在其中。穆佑文漸漸被她的冷靜與聰明吸引，這世界上已經沒有什麼女孩子能有如此慧黠的反應，但他不知道的是，這只是因為沒有什麼女孩會把他當實驗對象研究。

「我發現我喜歡上了一個女孩子。」

佐樂深深呼吸。她不確定穆佑文說的是不是她，但這時的她發現泰然自若地問出一句「哈，你在說我嗎」何其困難。她只剩最後一道防線，沉默的微笑。

「等妳的時候發現的。」穆佑文繼續說。

「如果那人是我，上一句話不該是第三人稱。」佐樂稍稍鬆了口氣。

「為什麼不行呢？第三人稱可以代表任何人，包括妳。」穆佑文這句話回得似是而非。

「你說的當然有道理，但為什麼不能是直接的第二人稱？」佐樂笑。「你知道嗎？其實我把你當朋友，所以不打算吐槽，但直覺告訴我你會這麼說表示你不懷好意。」

「我哪次跟妳見面懷著善意了？」穆佑文幽了一默，他從休閒西裝外套口袋中掏出一只項鍊，走到佐樂身後，將她的頭髮挽起，一邊聞著她的髮香一邊為她戴上項鍊。「但妳應該要接受，每段關係都是從邪念萌生的，那才是真正的熱情。」

「連一眼都不讓我看，就急著替我戴上，我想，你要取悅的對象一定不是我。」她看著胸口的項鍊墜子，強行調勻快要失序的呼吸，該死，在她就要暈頭轉向時，腦海閃過了一個人的臉。

閃開！高柏堅在內心叫罵，因為他什麼都看不到了！

無論是多精彩的電影，高柏堅都寧可租片回家一個人享受，他討厭上戲廳、更討厭在現場看球賽，即使是他愛看的足球賽。如今，高柏堅又再次體悟到自己有多痛恨這件事。

穆佑文為佐樂戴上項鍊的那一刻，高柏堅是在現場的，他就在另一個角落與程采珊共進晚餐，當然是為了享受看現場的刺激與臨場感，當然，也是為了不破壞規定，所以找了程采珊一起來。但這一切的緊張情緒，就在穆佑文移動到佐樂身後被中斷！

「怎麼了？」程采珊向來處世大方，至少前未婚夫以討論合作寫篇論文之名約她吃晚餐，讓她有機會丟一枚紅色炸彈讓他悔當年，這種事絕無不妥。只不過，高柏堅今晚的舉止出乎她的意料，程采珊很快感覺到，高柏堅約她出來的目的並不是她。「你到底在研究誰？」

「沒什麼，只是看到一個很像大學同學的人……」高柏堅心神不寧，好不容易把他的臉轉回程采珊面前。

「要是連這種話都能唬住我，我這前未婚妻也未免太遜了吧？」程采珊銳利的目光搜索著餐廳裡的每一個人，試著拼湊他們與高柏堅的連結，但卻什麼也沒印象。「你剛說的那個『新構想』五年前就已經失敗了，我還忍著不說已經是仁至義盡了。你今天到底是來幹嘛的？」

「噢，我還正擔心妳不會發現。」高柏堅拿起桌上的喜帖晃了晃，冷言反譏：「恭喜妳，目前沒有阿茲海默症的危險，可以安心結婚了。」

「你的戰鬥力倒是恢復了不少。」程采珊感興趣地打量他，卻閃過一絲惆悵，她了解高柏堅的淡定所代表的涵義。

他的愛，消失了。

但是，高柏堅轉移愛情的對象會是誰呢？

高柏堅若無其事將一塊鬆餅丟進嘴裡，喝了口茶，不經意轉頭，卻發現這會穆佑文已經回到自己的座位上。於是他聚精會神，繼續觀賞這場秀。同時，程采珊也在這間餐廳內，仔細掃描每一張女人的臉。

最後，程采珊的目光停留在一道女人的背影上。那頭長捲髮、橘色指甲油，雖然不是什麼標新立異的造型，但程采珊確實直覺想起一個人。是她嗎？想到這女人，竟有幾分吃味。

就在這時，女人對面的男人站起身朝洗手間的方向走去，女人趁機拿手機撥出一通電話，等待電話接通時，似乎有些心急。

高柏堅的手機響了。

好不容易，佐樂盼到了這一刻。穆佑文展現紳士風度起身付帳，才讓她有了空檔打出這通電話。然而，當佐樂聽著電話彼端的待機鈴聲，原以為真正的鈴聲應該會遙遠到自己聽不見，至少，應該在困住她的這四堵牆之外，然而……

她沒想到那鈴聲就在這！

佐樂嚇壞了，那鈴聲刺耳得將她的膽怯張揚得無所遁形！但佐樂更在意的是，她求救的對象就在這裡?!她挾著電話，懷著一絲期待，循聲轉過頭。

高柏堅？天啊，真的是他！佐樂無暇探究高柏堅為什麼也出現在這裡，她只知道自己嚇得心臟都要跳出來了。她屏住氣息，期待手已拿起話機、看到來電顯示的高柏堅接電話。就在那一刻，佐樂的視線不偏不倚地落在高柏堅所在位置的對面，發現那裡還坐了一個人。

他跟前未婚妻一起來？我在做什麼？佐樂心慌意亂，她的手指頭直覺地切掉這通電話。

對於人複雜的心思，程采珊向來苦於自己沒有一個心理學家該有的直覺。她的學術成就相當不凡，但臨床臆測力奇差，無法向高柏堅一樣把眼前三秒鐘的眼神流轉精準道出來龍去脈。但，這是她生平第一次正中紅心。

她猜中了這個背對她的捲髮女孩是高柏堅的助理；甚至更早，在她們第一次碰頭的時候，她就預料到這兩人之間有些什麼；現在，她更清楚，這女孩聽見鈴聲轉過頭來，卻在看見她的那刻立刻取消通話，是一種不打自招的心虛。這些她曾經以為很難解的情緒，今天竟是那麼易如反掌，只是，現在分數揭曉，她卻討厭起勝利的滋味。

高柏堅與佐樂四目相對，凝視著彼此。也許是因為距離遙遠，他第一次能夠沒有任何角度偏斜的視線直視她。他曾經以為，如果是這樣看著她那雙漂亮的眼睛，就能夠把佐樂的心思看得更清楚。

只是，他這會卻看不懂。佐樂為什麼一看見他在場，就活像看到鬼似的匆忙掛上電話？他知道那反應是心虛，但他不知道佐樂心虛什麼。他只是一味地納悶：難道這女人倔強到無法在他面前坦承自己脆弱？如果真的是這樣，現在那雙楚楚可憐看著他的大眼睛又該怎麼解釋？

這完全不 make sense！高柏堅在心中抱頭大叫。但任憑他的思慮再縝密，卻因為此刻他眼中只看見佐樂，以至於他完全忽略了自己身邊的程采珊才是關鍵，持續地想破頭不知其所以然。

佐樂知道自己不該打這通電話了，她懊悔不已，卻還是望著高柏堅，用眼神求救。她不知道穆佑文付完帳回來會帶她去哪裡，她不知道自己是不是準備好了，她甚至不知道自己如果接受穆佑文會不會引火自焚。她的包袱太重，壓得她走不動，只能被動等待一個人將她拉離這一切。她，私心希望這個人是高柏堅。

以一個迷惘的普通人身分求助於心理學家，應該不為過吧？佐樂思緒混沌，她渾然不覺，自己想重撥電話卻又為自己開脫，是源自於她破壞高柏堅和未婚妻的心虛。但總之，她鼓起了勇氣再次撥打這通電話，目光仍聚焦於高柏堅的雙眸。

我在求救，你有聽到嗎？

高柏堅看著第二次的來電，猶豫了片刻，終於決定接起電話，卻瞥見穆佑文朝佐樂這邊走近，於是也慌亂了，他看著身邊的程采珊，恍然大悟剛才到底怎麼回事。

因為這會，高柏堅也下意識地掛了這通電話。

佐樂的心很輕易地被挖掉一角。她還來不及傷心，穆佑文已經回到她身後，溫柔的撫摸與輕吻卻讓她的心隨之分裂。

「怎麼了？誰打給妳？」穆佑文注意到佐樂拿著手機。

「沒什麼。」佐樂趕緊擠出笑容，收放自如的演技讓她臉上綻放嫣然神采，卻使她更痛苦。「是我老闆。」

「你們不是簽訂了協議？他下班後還打電話給妳啊？」

「就是有要緊的事，下班後才會打電話。」佐樂有意地省略主詞，她怎麼能告訴這位愛情綁架犯，這通求救電話是她打的？

「那事情解決了嗎？」穆佑文問。

「我回撥了電話，他沒接……」佐樂絕望。

「別管他了，也許他又在無聊亂打電話。我們走吧！」

佐樂點頭允諾，拎起皮包起身要離去之際，故作若無其事地掃了高柏堅一眼，那時間短得不致於讓一般人發現她看他的眼神與其他人有何不同，但對於她自己卻足以心知肚明，她的確有所停留、的確不捨地瞧上一眼。

三分之一秒。

職業病使然，高柏堅與程采珊不約而同地在內心估算出這個數字。他們的專業完完全全看出佐樂那一眼中的複雜心思。他們沉默地目送穆佑文與佐樂離去。

佐樂雖然只是個普通人，但也算敏感，至少知覺有目光盯著她不成問題。她察覺高柏堅正看著她走出去，但即使如此，她仍對高柏堅的見死不救耿耿於懷。然後，她想起了一件事。

人與人之間的距離，足以說明這兩個人的社交距離親密度。佐樂想起，上次研討會，高柏堅就是這麼要求她在程采珊面前配合演出的。如今，佐樂報復似的，逐漸靠近穆佑文。

十公分……五公分……

三公分……

高柏堅與程采珊又暗暗度量了起來，直到佐樂主動摟起穆佑文的手臂，直到他們之間已經沒有距離可以衡量地緊黏在一起。

「你不想知道她會去哪裡嗎？」程采珊早已推測出高柏堅今晚異常的邀約是為了那年輕小助理的假公濟私。她的確吃味，不過，看完這麼出乎意料的結果，她倒是好奇地想知道，高柏堅可以逞強到什麼時候。

「不想，我跟她不是這種關係。」高柏堅不是逞強，而是因為他們之間有了協議，他不能打電話給佐樂，特別是他不能再干擾這場看起來挺美好的約會。否則……高柏堅知道自己會失去佐樂。

「你的身體不是這樣說的。」程采珊不知自己為什麼那麼雞婆，甚至，她對於高柏堅的壓抑與過度在意都有點心疼。在她的記憶裡，高柏堅從來不對自己任何一位助理的私生活感興趣，他甚至記不住助理的名字。除此之外，高柏堅向來能知覺自己的情緒，並且從來不壓抑，想什麼說什麼、想知道什麼就立刻去做。但今天，這兩項常規完全被打破。

「妳的判斷每次都是錯的。」他說得心痛，痛到沒有心思以幽默反譏程采珊。

「是嗎？我倒覺得他們今晚會上床。」程采珊微揚嘴角，對於今天所見的每件事，她倒是有十足把握。「不過，反正我每次都說猜錯，你就當我是反指標吧。」

「囉嗦。」高柏堅深深吸了口氣，坐立難安。

※

在辦公室工作有個無奈的壞處，如果今天是上班日，那麼，無論前一晚你有沒有在同事面前裸奔，或做了更丟臉的事，你依然得起個大早去上班。

顯然，佐樂和高柏堅的狀況遠比裸奔輕微太多。不過，他們有的卻是另一番緊張與煎熬。與其說他們對於那兩通沒有打成的電話感到遺憾，不如說他們更在意：他（她）和他（她）的約會對象後來去了哪裡？做了什麼？昨夜過後現在的關係又是什麼？

偏偏這幾個疑問又是合約上協議過「不能說的秘密」。以致於他們持續耿耿於懷，心頭難受。

「高老師，你的早餐茶。」佐樂把茶端進來，趁近打量高柏堅的表情，和前未婚妻見面晚餐後，破鏡重圓？還是不歡而散？佐樂的好奇心就像細胞分裂，每一次都在倍數成長，然而，她卻看不出那張撲克臉到底為此高興還難過。

高柏堅始終沒有接過那杯茶。他看著佐樂，今天的她如同往常，無法從公事化的表情讀出端倪。除此之外，有了昨天那複雜的一道眼神，高柏堅不確定對這女人來說，與穆佑文交往究竟算是喜還悲？

不能問不能問不能問！他的小劇場在心裡焦慮地狂兜圈。

「不用了。去幫我把這份研究計畫書趕出來，今天中午以前要。」為了驅除這鬼打牆的念頭，高柏堅只好故技重施，把更多無聊的工作丟給她。

佐樂接過高柏堅遞來的文件，看了一眼。「這個計畫申請一個月前就過期了。」

「我拿錯了。」高柏堅再隨手從紙堆中抽出另一疊文件，慌慌張張遞向佐樂。「每一份都長一樣。這份才對。」

「這是一年前的。」佐樂沒有接過那份文件。「那一整疊都是我前天整理的回收紙，印過的那面朝上放入印表機，謝謝。」

這情景，怎一個糗字了得？高柏堅巴不得想找個地洞鑽。為了逃避與佐樂接觸的尷尬，竟然鬧出這麼蠢的笑話。

「……從今以後，我的辦公室不要再出現這種東西。」印過一面的文件還要反過來做第二種不同的用途，這麼不衛生的蠢主意到底是誰想出來的?!

「老師，這是學校的環保政策，不遵守的辦公室研究補助經費會砍半。」佐樂說。

「那就砍半。我的研究經費來源多得是。」高柏堅嗤之以鼻。「想出這個點子的環保人士要不是經常搞錯文件，就是他閒得根本沒事可做。他們難道不知道這樣會把工作搞得更複雜嗎？」

「高老師，這幾個月來，那些補助經費連你添購的新實驗設備運費都不夠付了，除非你想自費研究，否則請你不要說那樣的大話為難我們。」佐樂簡直不敢相信高柏堅會有此反應，這男人明明就是自己出糗後愛面子，偏偏嘴硬扯了老半天，到底有什麼問題啊？

高柏堅登時詞窮。他的確需要這些經費，而犯罪心理十分複雜，必需仰賴精密先進的儀器測量與實驗，那些器材也貴到無法讓他自費研究。但他就是不明白，這女人不是以冰雪聰明又能屈能伸著稱？為什麼今天偏偏要跟心煩意亂的他過不去?!

「妳昨天打來找我有什麼事？」他換了話題。

佐樂深深吸了口氣，她知道這問題高柏堅一定會問，但是她從昨晚到現在一直想不出什麼好答案。她只知道自己絕對不能承認自己那時需要高柏堅，因為那三條規定是她下的，就算約束的對象不是她，她也必須遵守，但直到昨晚她才驚覺自己根本無法以身作則。

「就是跟實驗器材的費用透支有關。但是一打就發現你有私人約會，覺得今天再找你討論也可以，我就，掛掉電話了。」佐樂借題發揮，拿經費當藉口扯了謊。

「是嗎？妳打了兩通耶。」高柏堅興味豐饒地欣賞佐樂說話時的神采。打從第一次見面，這女人就這模樣，謊言雖然編得粗糙，卻能說得臉不紅氣不喘。高柏堅向來討厭別人說謊，但這段日子他看佐樂說這些無傷大雅的謊，反而漸漸覺得可愛，而當他抓著縫隙拆穿謊言時，更把這見招拆招的過程當作享受。「經費透支到什麼樣的程度，能讓妳一個以進退得宜為美譽的助理，明明知道已經打擾對方，卻還再度打擾第二次？」

佐樂嚥了口口水。當高柏堅這麼問，她才發覺，自己當下為什麼會為二度打電話給高柏堅的行為脫罪。

她對高柏堅是有感覺的。

這也是為什麼，佐樂會冒著毀約的風險打電話給高柏堅，今天早上還竭盡所能想各種理由要請假，最後卻硬著頭皮來上班。這一刻，佐樂完全懂了。

她看著高柏堅，發現他的咄咄逼人是來自他早已看透一切並且同時嘲笑她。但這一刻，她知道，儘管她不想回答，卻也心知肚明：如果不讓高柏堅聽到一個合情合理的答案，她永遠會被窮追猛打，被這些唇槍舌劍羞辱。

她決定了，今天就要結束這一切！

「他向我表白，而我也答應和他交往了。我打去，只是想謝謝你之前處心積慮關心我跟他的發展。」佐樂快速説話的時候，她脖子上的那條項鍊閃閃發著刺眼的光芒。「我們現在很好，也不會影響工作，就這樣。」

等到高柏堅腦中徹底分解好佐樂所説每一句話的涵義時，佐樂已經消失在門口了。他的確想得到答案，但謎底真正揭曉的時候，他卻覺得自己被一巴掌狠狠打了臉。

他們倆一起工作的時間雖不長，但對於了解彼此工作習性和既定行程已綽綽有餘。於是，高柏堅深知，星期四下午是佐樂唯一不用擔任隨堂助教的日子，她將在他辦公室待到下班；同時，佐樂也完全清楚，這天下午高柏堅沒有演講、研討、實驗等行程，原則上他也會待在辦公室寫Paper。

他們都知道，上午鬧得那麼僵，下午怎麼會不難熬？

於是，高柏堅狡猾地溜出了辦公室。他假借外出洽公的藉口，實則只是帶著筆電到商學院頂樓的咖啡館避難去了。但天知道，他最討厭在公眾場合工作了！在他心裡，這些只有年輕身體的低等生物，連呼吸、走動都會打斷他思考，更何況咖啡館不禁止說話。但為了避開那更令他心神不寧的于佐樂，這些他都願意忍，只不過，在服務生把紅茶送到他面前，讓高柏堅看見杯內那只沒品味的茶包時，高柏堅的忍受力終於來到臨界點。

這實在太沒道理了！那間辦公室明明就是他的，憑什麼于佐樂可以安然坐在裡面，讓他想要編個理由打發她外出做事都嫌心虛，自個留下來面對她又覺窘迫。當然，最後他逃到咖啡館的決策，更不是什麼能掩蓋心虛意圖的明智之舉，無奈臉皮太薄的高柏堅就算吞不下這苦頭，也必須含在嘴裡。

至於坐鎮H704室的佐樂，自然知道自己是高柏堅臨陣脫逃的箇中原因。然而，她並沒有一絲勝利的喜悅，相反地，佐樂後悔早上把話說得太滿。

她對自己有興趣的男人謊稱交了男友，雖然堪稱「正當防衛」，但這種毫無建設性，還完全逼死自己的幼稚行為連國中生都不屑做了，佐樂完全不明白自己幹嘛說出這種拙劣的謊言！瞞過了今天，那以後怎麼瞞？難不成真的要找穆佑文幫忙？

佐樂拿出手機，看著躺在收件匣裡的訊息。

「我不等，也不限制妳多久之內要說出答案，但是，妳永遠是我的第一順位。」

穆佑文向來不走癡癡苦等這一路，但只要佐樂願意，他可以毫不猶豫割捨現在手邊任何的女伴。那是穆佑文才說得出來的，有一點現實，卻動聽得溫柔。如果她不是那麼介意他和葉承宏的相像，如果她沒意識到自己選了他會重蹈覆轍……這樣的心意有什麼好猶豫的？

佐樂退出訊息，手機卻始終拿在手上。

※

下班時段。高柏堅闔上筆電螢幕，疲憊地揉了揉眉心。他啜了口茶，視線穿透玻璃窗，眺望底下車水馬龍的校內車道。不經意地瞥見一輛眼熟的車身關起門呼嘯離去。

雖然台北開黑色 Lexus 的大有人在，但這裡是校內車道，教授的私用車多屬白色、香檳色，就算烤漆是深色也不會是全黑，因此這輛車可說格外醒目。但讓高柏堅更確認那是穆佑文的關鍵在於，車門關上前，他瞥見一個女孩細瘦的腿。

錯不了！那是穆佑文的車。

高柏堅掠掠錶，六點零一分。準時下班的確不失為熱戀的徵兆。他鬆了口氣，忍不住覺得今天這麼躲太窩囊，今天回去整理心情，明天要拿出上司的威嚴。

高柏堅抱起筆電離開咖啡館，心情上放鬆了許多，然而，當他一打開自己辦公室的門，要邁著輕快步伐進門時，眼前的景像逼得他緊急倒車！

于佐樂還在辦公室？她不是早該上那台車走了？……好吧，是他低估了Lexus 的市占率，畢竟從那麼高的大樓往下望，他除了推論，也無法咬定那百分之百是穆佑文的車。

高柏堅再度偷偷從狹窄的玻璃小窗往內一瞅。

佐樂看著螢幕，雙手卻沒擺在鍵盤上，並且完全對他剛才驚險的開關門渾然不覺。這完全就是懸案一樁：沒事做，超過下班時間又不走，完全不是這女人的作風啊！動也不動的，總不可能是稻草人吧？

高柏堅百思不得其解佐樂為什麼還在，然而沒多久，他發現了件更弔詭的事：為了躲這女人，他緊張了整整一個下午，他巴不得鳩佔鵲巢的她趕快走，但現在意外發現她還在，內心竟油然升起一股，莫名的……慶幸？

不管了，絕對不能站在這裡乾等！

他深深吸了口氣，若無其事重新開門進辦公室。「咦？妳還沒下班？」

「嗯。院長明早的課有小考，我在替他出考卷。」雖是這麼說，但佐樂一片空白的螢幕已經透露一切。她的手邊沒有工作，只是在找理由延遲下班的時間。

高柏堅將一切都看在眼裡，他故意語中帶刺：「新男友怎麼能在交往第一天就不來接送女友下班？真是太不應該了！」

「我們已經簽了工作守則，請你不要再這樣說。」佐樂正心煩意亂，聽見風涼話更是沒好氣。

「守則上說的是不能談及私生活，我現在並沒有在跟妳對話。」他耍了無賴。「跟我共事這麼段時間，妳應該也常常聽我碎念吧？」

「你！」佐樂氣結。

「我們來玩個遊戲好了。」高柏堅說。

「我沒空。」

「我看妳也沒在認真做事。遊戲很簡單。我只猜，妳也不用回答我，所以我也不會知道妳到底怎麼了。該從哪裡開始好呢……」高柏堅兀自摸下巴思索。

佐樂無助萬分。她知道一個心理學家對於人枝微末節的行為反應，都會察覺，並把這些蹊蹺當作關鍵證據。她知道縱然自己演技精湛，但終究是演技，如果高柏堅一心想「破案」，她喜歡高柏堅的心思就不只是心照不宣，還會被血淋淋地揭露……一想到這，佐樂就坐立不安。

「首先，妳到現在還待在辦公室，並不是為了出考卷。」

第一題就出師不利，佐樂有不詳的預感。但她仍嘴硬：「這樣也算一題啊？那我也會。你今天下午在頂樓也根本不是在工作，你只是……」

高柏堅一糗，急忙阻止佐樂說下去。「妳說妳在出考卷，但其實妳連學校的考卷範本都沒打開。妳遲遲不下班是因為，妳在等人。」

佐樂七手八腳地關掉那令她丟臉的 word 畫面。她聽見自己胸腔內鼓譟的心跳。是的，她的確在等高柏堅回來。因為現在，她根本不能對手機裡的那封簡訊做任何反應……。

要跟誰交往、不跟誰交往，佐樂從來沒有向身邊任何朋友徵詢過意見。但這次，她是需要高柏堅的。與其說她想要高柏堅出主意，不如說，她想知道他對自己和穆佑文，或者任何人交往這事有沒有微詞？在之前，他已經涉入了那麼深，三番兩次阻撓了她，讓她明明要想穆佑文卻想起高柏堅。既然如此，怎能不問個清楚？

「其實，我在等……」佐樂鼓起勇氣，才要開口，卻被高柏堅打斷。

「別說，我先猜完。」高柏堅正起勁。「妳早上戴著項鍊，表示妳已經準備好今天要與男友見面。但是現在，項鍊卻不在妳脖子上。表示妳不想讓妳正在等的人看到。妳在意那個人對妳的看法。」

「別說了。」佐樂的臉一沉。

但高柏堅的思考迴路不允許他停止，他像在解謎一樣，一層層殘忍地解剖佐樂的情緒。「……不過，要打發時間的地方多的是，妳通常是到管院辦公室，或者到研究生室，今天妳卻在這裡，妳在等的人是……」

她在等的人，是他?!

推論至此，高柏堅的思緒短路了。不對，到底是哪裡弄錯了？他不可置信地抬起頭來想開口問，卻發現，此時的佐樂眼角正泛著淚，顫抖地瞪著他。

她知道高柏堅遲早會揭穿她的感情，關於這點，她也已經做好準備。但她沒想到的是，他會把她當作一隻實驗青蛙，開膛剖肚不說，還以此為樂。這跟寄了封情書給喜歡的男孩，卻被當眾朗讀畫眉批有何不同？

「你知道嗎？你就是再會洞察人心，也只是個混蛋！」佐樂提起皮包，忿恨地推開高柏堅，哭著奔離研究室。

過了今晚，將正式進入十一月。儘管這時候的北半球，十天裡還有三天熱得教人滿頭大汗，但晝短夜長早已讓季節分野不言而喻，然而，直到剛才佐樂離去，讓高柏堅發現外頭已看不見太陽，他才驚覺白晝的界線悄悄地往前挪了許多。

「她會那樣是正常的。」實驗室裡，雷憲之伸直手臂，任由高柏堅測量他的血壓。高柏堅著實沒想到，他會有需要求助這宅男的一刻。「女生就是這樣啊，整天都在喊著沒人了解自己，等到真的有人了解她、剖析她，就會說這人是變態、她需要隱私……」

「我只想知道，她真的跟那醫生交往了？」

「他們……應該不是那種關係吧？」

「你念管院難道沒有學過統計學？『應該』這種用字一點都不精準。虛無假設、對立假設百分之幾顯著？沒有一個確定的答案不要下定論。」高柏堅的白眼簡直要翻到後腦勺。

「可是高老師，兩性關係的研究方法質化優於量化，何況，我們樣本數不足無法抽樣……」雷憲之搔搔頭。

天啊！沒想到這間管理學院竟然有人說了人話！高柏堅驚訝的看著雷憲之，宅規宅，還挺認真替他想研究方法的？是個人才。

「ＯＫ，忘掉我剛說的。你舉例事實告訴我，為什麼你覺得他們『應該』不是那種關係？」

雷憲之只好努力回想著，「她好像說過，跟他出去很放鬆、很安全，不用想太複雜的事情。」

那傢伙隨時都想吃了她，安全個鬼！

「唉呀，問我不準啦。她自尊心那麼强，喜歡誰才不會讓別人知道，會掛在嘴巴上的對象，都不是她真心想交往的人……」

「那她有沒有跟你提過，關於我的事情？」一逮到關鍵資訊，高柏堅反射性追問。

「呃……」當然是多著呢，盡是些不好聽的話，還叫他蒐集情報。他再怎麼痛恨佐樂丟給他的苦差事，也不能把這些底全掀了。雷憲之開始支支吾吾。

「說了什麼?!」

「我想這些話，還是您自己問她比較好吧……」雷憲之急中生智，連忙祭出免死金牌想跳下賊船。「啊！她上次跟我說，你們有簽一個什麼條約的，高老師你真的別問了……再問下去我會被她殺了……」

「嘿，和她簽保密條約的是我，不是你，幹嘛對她言聽計從？怎麼感覺你被奴役得挺開心的？」高柏堅瞇眼打量雷憲之。自從他上回問他佐樂去了哪間餐廳，才知道這娘里娘氣的研究生根本不是Gay。而他，顯然又被佐樂無心插柳的玩笑擺了一道，為了化解這美麗的誤會，險些讓他英明神武的形象毀於一旦。

「我有把柄在她手上。」雷憲之嘆。

「什麼把柄？該不會是你喜歡另一個研究助理？那有眼睛都看得出來，哪叫什麼把柄……」高柏堅的隨意脫口，卻換來雷憲之驚聲尖叫！

「你怎麼知道！」雷憲之被這麼一戳，頓時方寸大亂。

教授不是學生社交圈中，最被邊緣化的角色嗎？更何況，高柏堅還不是他本人的指導教授，怎麼也讓他給看出來了？不對，他是心理學家，看穿誰喜歡誰本來就跟呼吸一樣容易。冷靜！別庸人自擾……。

「這麼明顯的事只有她本人看不出來吧？」高柏堅記錄完血壓數字，撕開雷憲之手臂的壓脈帶，又為他戴上腦波測量儀器，再盯著上頭的數字，只專注於他想知道的事。「她到底說了我什麼？」

「她……你也知道，每個人總是不太喜歡自己的老闆……」雷憲之委婉地說話，現在的處境簡直令他想死，早知道就不要貪圖高柏堅發的研究酬勞來淌這渾水。「高老師，你測試實驗設備功能正不正常，有需要這麼久嗎？」

「任何事總需要比較，才會知道正不正常。」高柏堅挑挑眉，遞給雷憲之一個信封袋。「這是取樣費用。」

雷憲之打開信封袋。「才一百塊？」

「嫌少？沒讓你流一滴血，你以為血壓脈搏會值多少錢？」高柏堅收拾儀器，還不忘小作嘲諷。

「你還需要幾個樣本？我去找我同學來做。」

「不用了。」高柏堅斷然拒絕，是因為此行目的根本不在取樣，要測試儀器功能正常，他有的是方法。他找雷憲之，無非只是想更了解佐樂一些。「既然我跟于佐樂都握著你的把柄，不如，就讓你自己做選擇吧。」

高柏堅看著雷憲之那慌亂的模樣，有一種凌虐小動物的快感，他有一點了解為什麼佐樂喜歡奴役他了，畢竟雷憲之的各種反應實在太容易讓行刑者找到樂趣。

「選擇什麼……」雷憲之一臉驚魂未定。被一個于佐樂奴役已經夠折騰了，現在還要加一個史上最難搞的高柏堅？他幼小的心靈可承受不了這兩面夾攻啊！

「別怕。只是要給你一個打工機會。」

「不過高老師，你都跟你未婚妻復合了，應該有很多事要忙吧？這些事有這麼迫切嗎……」

雷憲之話未完，已經被高柏堅揪住衣領，目光如炬地盯著他。「你剛說我什麼？」

「未婚妻啊？你們不是復合了？于佐樂說的啊……」

高柏堅的腦海中閃出幾段記憶，電光火石一瞬間——他上次跟蹤佐樂和穆佑文到餐廳，旁邊拖著程采珊。Damn！魔鬼就在細節裡，他怎麼沒想到那是讓她誤會的重點？

高柏堅倒抽一口氣，關掉所有儀器、也不顧雷憲之在場，直接轉身離開。他要去找佐樂，就是現在！

「就是有這麼一天，你才知道世界不是這樣。可悲的是，那還不是你自己發現的。像是你穿了件新衣服、走上了街頭，路人對你指指點點，你還自以為他們在誇你漂亮，最後，終於才有個好心人告訴你，你把衣服穿反了……」

Chapter 8

單面鏡觀察室

高柏堅討厭自己開車移動。更正確地說，他很容易陷入漫長的思考，而開車移動只會讓他產生兩種情況：一是路況打斷他思考、二是因為思考而忘了開車。

計程車載著高柏堅來到佐樂家，高柏堅才驚覺自己面臨一個根本性的問題。這一路上，他不斷撥電話，卻發現佐樂的手機根本沒開。他不知道佐樂到底在不在樓上。即使她真的在，要怎麼把她叫下來更是大問題。

「先生，還要再開進去嗎？」司機見他不為所動，轉頭詢問，卻立刻被打斷。

「等一下。」高柏堅完全無法忍受有人在他最焦慮的時刻，還意圖迫使他更焦慮。他睨了司機一眼，悻悻然丟下兩張佰元鈔，開了門，右腳才跨出車外，一輛眼熟的車子卻從巷子的另一頭駛入，也在這棟公寓前停車。

高柏堅很快地透過車牌號碼、駕駛座上的車主身形，辨認出那就是穆佑文，只好匆忙躲回計程車裡。該死！那個 Lexus 為什麼偏偏就是要選在今天來？他瞪著風度翩翩走下車的穆佑文，氣得牙癢癢，早知道就該在這傢伙身上加裝ＧＰＳ！

高柏堅思考到一半，卻發現計程車司機以奇怪的眼神看著他。

「先生，你要去的地方不是已經到了嗎？」司機惶恐地打量高柏堅，這是他今天接過最奇怪的乘客了。從高柏堅上車以來，他只聽過三種指令：左轉、右轉、直走，連個地標也報不出來，這還不打緊，這傢伙明明知道路該怎麼走，卻等到車已駛到路口才急忙大喊轉彎，也不知道底神遊到哪去了，一段二十分鐘的路程惹得他七竅生煙，現在到了目的地賴著不走到底又是什麼意思？

「Shut up！」高柏堅氣急敗壞制止司機的聲音，目不轉睛看著穆佑文，看見他也在打電話，不禁暗自得意。既然佐樂的手機關機，那表示他們至少是站在同一個基準點上。

被限制行動的司機百無聊賴地觀察高柏堅，很快就順著他的視線看見車外的穆佑文，自以為識趣地插嘴：「哦～躲仇家啊？先生，要不然我帶你去附近找間旅館，今晚別回家了……」

「我說最後一次，Shut up！」他惡狠狠地重申自己的要求，隨即又轉回頭去，繼續監視穆佑文的一舉一動。

穆佑文倚著車，撥出了兩通電話給佐樂，電話同樣也進入語音信箱。他皺皺眉頭，把切換介面至簡訊輸入模式，才要打字，一通來電卻冷不防跳出螢幕屏閃爍。

「喂？」

看見穆佑文接起，車內的高柏堅簡直要怒捶心肝。下班後就關機不接上司的來電，卻願意回電話給只想跟自己上床的蒼蠅，這女人到底是哪門子的優良助理？高柏堅要求計程車司機開近穆佑文身後，搖下車窗，就近聽著穆佑文所說的每一句話。

「是妳？好久不見。」穆佑文對電話彼端溫柔應付。

人的身體藏不住秘密，一個人在跟同性與異性說話時，無論是眼神流動、手指尖抖動、站姿，全身上下所流露出的小細節都會有所不同。高柏堅很輕易地發現，跟穆佑文講電話的對象是女性。

「我最近有別的對象了。」穆佑文張望四周，抬頭看著上頭的窗檯，似乎在等著佐樂。「……嗯，抱歉。」

看來正在誠實地拒絕一個對他有興趣的女人，不錯。高柏堅在內心暗暗評估。

「嗯，我們還沒交往。」穆佑文以指腹按了按眉心，有些緊張。「那個，我正在開車，晚點打給妳？……掰。」

Oops，連續說了兩個謊。非但沒有在開車，而且明明已經跟佐樂交往了，還處心積慮想留條後路？高柏堅真的不是存心想找碴，但說謊事實活生生地在他面前發生，他無法視而不見。

劈腿。高柏堅很自然地歸納出這個結論。就算不是劈腿，穆佑文也在想討好電話彼端那位女性，很可能是為另一段關係留後路。

無論這會不會違反他們簽訂的那三項工作規則，高柏堅都覺得自己有必要阻止這件事。但是，一來，如果他上前和穆佑文理論，那佐樂很容易得知他違反工作規則，反而更讓穆佑文變成整串事件的受害者。

高柏堅一籌莫展抱頭苦思。他想，以佐樂認真負責的工作狂性格，即使故意躲在家裡不開手機，也應該會有至少每三十分鐘收一次e-mail的頻率。高柏堅抱著最後一絲希望，打開平板電腦埋頭寫e-mail給佐樂，卻沒注意到，車外有一道婀娜的身形從旁經過，漸漸向穆佑文靠近。

「你怎麼會在這？」一道女聲打破高柏堅的沉思。

是佐樂。

他猛地抬頭尋聲望去，卻發現自己已經無力阻止眼前即將發生的事。佐樂已經走到穆佑文面前，一掃積鬱整日的愁容，擺起笑容上前打招呼：「不是說有班要值？」

「我放心不下妳，偷溜出來的。」穆佑文說這句話的同時，手下意識探進口袋裡，握了握擺在裡面的手機，同樣是個能被高柏堅輕易判讀的說謊跡象。「妳在半小時前不是傳了封簡訊給我？說心情不好想找人聊聊？」

「嗯，心情有些悶。」還不是為了高柏堅。佐樂悄悄地在心裡歎息，但看見穆佑文出現，卻別有一番驚喜。「不過只是想講個電話，沒想到你居然跑來……」

佐樂話尾未定，就被穆佑文緊緊擁住。她睜大眼睛，直覺想抗拒，然而，今天一整日在辦公室與高柏堅幾番折騰，現在的她著實累了，只能將穆佑文的臂彎當成沙發倚靠、沉迷。

「下次不要再這樣了。剛才，妳的手機怎麼打都打不通，我都要擔心死了。」穆佑文親吻佐樂的髮絲。

「因為下了班，不太想再接到跟工作有關的電話……」佐樂試圖保持冷靜，然而，在穆佑文的溫柔安撫之下，佐樂終於抵擋不住內心排山倒海而來的悲傷，大顆的眼淚撲簌簌地流下。

「妳沒事吧？」穆佑文察覺佐樂雙肩不尋常的抽動，連忙捧起她的臉蛋，才發現眼淚早已淹沒她精緻立體的五官。

「我……」她哽咽地緊抓穆佑文的手臂，從未感覺到如此無助。「我已經不知道可以把自己交給誰了。那個人，可以是你嗎？」

「為什麼不可以？」穆佑文的吻止住了佐樂的眼淚。

高柏堅在車內看著佐樂被穆佑文攬在懷中的情景。他和佐樂之間只隔著一道玻璃窗、距離兩公尺不到，但他知道，在穆佑文的柔情攻勢下，佐樂不可能再有機會看見他。簡直就是世界上最遙遠的距離。

「先生，可以走了嗎？」計程車司機的提醒，殘忍地將高柏堅拉回現實。

高柏堅看著車資跳表機上重新跳表的數字，不發一語地從皮夾中掏出兩張仟元大鈔塞給司機，完全無視司機在後面喊著要退錢找零。此時此刻，他只覺得自己像失了靈魂的軀殼，再也無法感知外界的任何訊息、聽進隻字片語，他唯一能做的，就是逃離這條巷子，自己一個人。

※

高柏堅看著貼在牆上的工作規則，陷入苦思。

他不能詢問佐樂，她和穆佑文後來怎麼了，因為那違反第一條工作規則。

他不能告訴佐樂，自己昨天晚上在她家門口聽見穆佑文和另一個女人講電話，因為那違反第二條工作規則。

他不能因為穆佑文極有可能傷害佐樂，就動用各種監聽管道機制阻止他們感情進展，因為那違反第三條工作規則。

他不能……

高柏堅受夠自己什麼都不能做！

「高老師，早安。」佐樂走進H704研究室，將英文早報遞給高柏堅。經過一夜沉澱，她的工作生活情緒切換機制已然恢復正常。昨天下午失控的情緒、衝突，彷彿不曾存在過。「剛才我遇到實驗室承包商，他說，單面鏡觀察室昨晚已經完工了，以後就可以讓你安排設計實驗了。」

單面鏡觀察室？

高柏堅想起這個心理學實驗不可或缺的重要硬體設施。對，學期初李其琛聘他來當客座教授時，他還對於管理學院連一間單面鏡觀察室都沒有感到不可思議，如今，他幾乎要忘記這個必備的實驗設備。

「謝謝。」他看著佐樂，腦袋突然浮現一個頑皮的主意，強忍嘴角上揚的衝動。「晚一點跟我過去整理，下禮拜開始我就要找人來做實驗。」

單面鏡觀察室，是社會心理學家在觀察人類對某些事物的反應時，經常使用的設備。

只要將你想觀察的實驗對象帶進裡面，你可以在一個小學生面前擺個棉花糖，觀察他能忍多久不吃，或把一個青少年關在裡面放一整天A片，看他會不會親吻身旁的充氣娃娃……單面鏡觀察室就像是人心的顯微鏡，而科學家所設計的每種實驗，都是為了徹底剖析人類微妙的心理。不過，對高柏堅來說，單面鏡實驗室除了學術研究之外，還有其他用途。

好不容易盼到中午休息時間，高柏堅連三明治都還沒吃，就興沖沖地拉著佐樂來到觀察室。

「這就是單面鏡啊？常在影集裡看到。」佐樂一邊咬著三明治，一邊站在觀察區，朝著偌大的實驗反應區察看。

「我測試一下錄影功能，妳進去裡面晃一晃，順便幫我看看鏡面有沒有問題。」高柏堅拿了遙控器往天花板一按，也打開自己的小筆電。很快就看見佐樂小小的身影出現在螢幕裡。

佐樂在觀察室中望著矗立於眼前的大牆。按照觀察區的方向，所謂的單面鏡是這一面吧？與其他三面牆沒有任何不同。也難怪，接受心理實驗的對象可以毫無保留地，做出真正的反應。

「欸，好了沒啊？到底有沒有看到？」佐樂沒聽到高柏堅的指示，困惑地對牆揮揮手，還跳了兩下。「喂！高柏堅！」

高柏堅看著螢幕中朝自己揮手的佐樂，微微一笑，又故作著急：「等等，錄影功能好像當機了……」他一邊朝觀察室應聲，一邊悄悄拿起遙控器，朝門按下「上鎖」鈕。

「耶？」佐樂聽見電動門上鎖的聲音，疑惑地走到門邊，卻驚覺門已經鎖住打不開！連忙拍門狂喊：「高柏堅！高柏堅！聽得到我說話嗎？高柏堅！！！」

佐樂不知道的是，此時此刻的高柏堅竟犯了職業病，非但沒有要放她出來，還認真盯著她、拿著記錄板仔細記下她的一舉一動。

「沒有幽閉恐懼症，Check。」他念念有詞，潦草記下後，繼續抬頭看。

佐樂鎮定得快，她額頭輕輕一蹙，很快就轉念一想，既然這裡是觀察室，那一定裝有隔音設備以防止外面研究人員的討論聲傳入，就算高柏堅在外面對她說什麼，她大概也聽不見。一想到這，她嘆口氣，放棄拍門。

高柏堅不為所動，瞄了眼手錶，「恢復鎮定所需時間：小於一分鐘？」居然比一般女性的平均值短，高柏堅有些意外，不過被觀察者恢復鎮定後會做什麼，才是實驗重點。高柏堅露出期待的微笑。

佐樂在自己身上到處摸索，卻發現手機沒放在身上。她暗暗惱怒。該死，她以為打掃花不到半小時，就把手機丟在辦公室了。

「二分十五秒，嘗試尋找逃脫工具。Check。」高柏堅持續記錄，又再補上：「惱怒情緒，Check。」

佐樂有些無助，望著深鎖的門板，不免覺得有些奇怪。她知道高柏堅忙起來，是有點六親不認，但單面鏡那麼大一片，就算真的顧著搞定攝影功能，也該注意她在呼救吧？難道……

這傢伙是故意的？

此念一萌生，佐樂立刻在腦海中回溯整件事的來龍去脈。她還奇怪，高柏堅怎麼一聽到單面鏡實驗室，就興致勃勃地叫她來打掃，所以……什麼攝影功能不靈也只是藉口？

「高柏堅！你看得到吧？你也聽得到吧？」佐樂走到鏡牆前，開始用力拍打鏡牆。

「你是不是故意的？快開門，你到底想幹嘛？」

「二分五十秒，嘗試在空氣中對話、二度呼救……」高柏堅看著佐樂的反應，忍不住邊笑邊記錄：「出現被害妄想傾向……」

高柏堅並不是真的想把佐樂當隻青蛙拆解，他會這麼做，只是基於小男生愛捉弄自己喜歡的女同學的幼稚心態：「想知道她會怎麼樣」。對他來說，佐樂雖然年紀輕輕，卻有一股早熟的世故，特別是她那股倔強的脾氣，總不輕易示弱。但她越堅強，高柏堅也就越好奇，到底什麼才是她真真實實的反應？這些問題迫使他非得設法讓她置身於極端的情境中，好好觀察佐樂不可。

喜、怒、哀、樂。各種情緒說來簡單，組合起來卻十分複雜。不同的人會有的直覺反應不同、情緒與情緒之間的轉換順序又再因人而異、時間持續最長及最短的情緒也象徵不同的人格特質，各種情緒的強弱又能說出另一個故事，實驗對象甫脫離極端情境的第一反應，又別有意涵。

突然，佐樂停止了敲打。因為她意識到，高柏堅就在單面鏡的另一端看著，也許現在發生的一切都還錄影了……她不能留給高柏堅任何足以讓他做文章的把柄！佐樂深深吸了口氣，對著鏡子露出微笑。

「第一個表情，微笑？」高柏堅感到不可思議，視線卻再也無法自佐樂身上移開。

這不是高柏堅第一次為佐樂的容貌或舉止著迷，卻是頭一次能無所顧忌地站在這女孩的正前方看著她，看見了有始以來最美的笑容。他將視線對上佐樂的雙眸，那一瞬間，他覺得有股暖流從胸口漸漸化開了，因為此時此刻，佐樂看不見高柏堅的反應，可是，這笑容卻偏偏又是衝著他綻放的，要不是他們之間還隔著一面鏡子，他幾乎都要以為他們是在戀愛。

「高柏堅。」佐樂的聲音突然變得平靜，從喇叭流洩而出，中斷高柏堅的陶醉。

「我想，你大概不會那麼快把我放出去。不過我猜，現在我不管說什麼，你都不會輕易把門打開。正好，有些話我一直藏在心裡，卻沒辦法對你說，不如就趁現在說出來好了，你別太驚訝哦……」佐樂對著牆面慧黠一笑，彷彿她真的知道高柏堅就站在眼前。

她要說什麼？高柏堅心頭一震，他放下紙筆，聚精會神地等待著。

高柏堅屏氣凝神，看著佐樂不急不徐地背過身去，似乎是故意不讓他讀出自己臉上的神色，倚著牆坐下來。高柏堅就這樣望著那道背影，那頭長髮，聽著喇叭播出佐樂那道經機器過濾後，有點不一樣的聲音……。

「我不知道你為什麼老愛打探我的隱私。但是，看著你這麼做，我常常有一種熟悉的感覺。」佐樂深深吸了口氣，繼續說下去：「熟悉，那股對他人的不信任感。」

高柏堅將電腦改接耳機，好讓佐樂的聲音能全部傳進他耳中，當他戴好耳機，卻聽見了她更深沉的自白。

「我曾經以為自己活在一個世界裡。在那裡，我身邊的那個人說的每一句話都是事實。如果說他要應酬，就是去應酬，我不會懷疑他去見了別的女人。如果他沒接我電話，我不會再打第二通，也不會覺得他在避我。我接到他每一通電話都是開心、喜悅的，而不是擔心他是不是想要與我分開……」

高柏堅閉上眼，對他而言，這樣的感受他都曾經體驗過，但那卻遙遠得像嬰兒時期的記憶，零碎微弱得像只在夢中出現過。

「可是，就是有這麼一天，你才知道世界不是這樣。可悲的是，那還不是你自己發現的。像是你穿了件新衣服、走上了街頭，路人對你指指點點，你還自以為他們在誇你漂亮，最後，終於才有個好心人告訴你，你把衣服穿反了……」佐樂試圖讓語氣平靜，卻不爭氣地流出眼淚。

高柏堅長長地吁了口氣。這女孩說的，他懂，他完全懂！

在他與程采珊交往的那幾年，自然也是一片歌舞昇平。而也是有了那麼一天，表面的和平走了樣。那天起，他們的確仍相愛著，但是他的態度、他的觀點、他手上的那把尺，全都變了，他們原本純粹的世界做了回不去的崩解。

「如果問題出在世界變了，我也許還會覺得好過些。可是問題就在，這個世界從頭到尾沒有變，都是你誤會它，你以為一片光明，但其實，是你自己瞎了，是你誤解了自己所處的世界心懷善意……」佐樂說。

高柏堅重拾紙筆，想記錄些什麼，卻放棄了。如果佐樂有過的體驗到目前為止都和他一樣，他光用聽得都刺骨椎心，為何還要再用文字描劃一次？

「於是，你開始變了，你從來沒想過你必須這麼做，但一切就好像是，你必須適應這麼惡劣的環境。即使他就在你身邊，手機每一次作響你還是得提心弔膽；他轉身去洗澡，你看著他的手機，就想著要不要看他的簡訊匣；他每一次回絕你的邀請，你就得問清楚他那天到底要跟誰出去；你需要那個人說更多次他喜歡你。因為要是不這麼做，你會睡不好覺、你會吃不下飯，你甚至，快要不能呼吸，心臟的跳動都好像要置你於死地。你不想這麼做但做這些事才能消除你的不安，而且你必須一直重複地做。但是，你那麼做，也不會真的讓你安心，最後，所有人都離開了你，你甚至不覺得是自己的錯，你只會覺得他一定是跟別人在一起了，失心瘋似的恨著他……」

佐樂說著這些話的同時，只覺得有一根勺子，一匙又一匙地不斷挖出自己胸臆間的血、肉、記憶、靈魂……或者，更多無以名狀的東西。這樣失控的情緒奔流是她始料未及的。她沒想到自己一開口談起這些事情，會如此痛苦得無法自拔。

「所以，當我看到你對我做的每一件事，觀察、詢問、推測、追蹤，甚至是不法手段，我不知道你到底為了什麼這麼對我？但我指責你的同時，覺得自己好像照到了一面鏡子，才發覺我也是這麼走過來的。」佐樂吸了吸鼻子，發覺自己已滿臉淚水，她激動得哭喊：「我甚至需要做那些事情，來告訴那個人，我愛他！」

「我的原因，當然和妳一樣。妳還看不出來嗎？」高柏堅望著佐樂的背影，下意識地脫口，才想起她聽不到。

「我想告解一件事。研討會那天，我沒走，我偷聽到你和你未婚妻的對話。所以我知道，你為什麼這麼糾結每個我隨口說出來的謊言。發現我們竟然這麼像。」

高柏堅已無心思糾正那是「前未婚妻」，整個人早就石化。

「我很想幫你什麼，可是我做不到。然後，那天我看見你們在一起，我想，你一定是花了很大的力氣跨越了心理障礙，和她重新開始吧？」佐樂苦澀地露出一抹淺笑。「抱歉，一直沒機會恭喜你們。」

天大的誤會。他竟然一直沒解釋，而她竟然可以誤會這麼久？高柏堅吶喊著。

「所以，我也不能原地踏步了，不然，我可能會錯失一個最接近幸福的機會……」佐樂頓了頓，對高柏堅吐出一句殘忍的話：「我決定要和穆佑文交往了。」

什麼？因為她誤會他和程采珊復合，她就要去接受穆佑文？這什麼神邏輯?!

「我一直沒有答應和穆佑文正式交往，是因為，我太害怕被欺騙，太害怕回到以前的我。」佐樂微笑說道：「但是，看你這麼努力，我也得move on了，也許這個人還會讓我再失望一次。但是這一次，我就是得跨出這一步。就算他從頭到尾說的都是謊話，我也要試著相信他。」

高柏堅一驚，反射性地對佐樂大喊：「他說的是謊話！他真的在騙妳！他有其他對象，他……」

高柏堅面紅耳赤喊了半天，再度卻發現自己說的話根本傳不到她耳裡。這是有隔音設備的觀察室啊！他到底在想什麼？為什麼觀察室要裝有隔音設備？在他的腳本中，佐樂應該要在一個毫無反駁能力的情況下聽他說話才對，曾幾何時，他天衣無縫的計畫又被這女人反客為主了?!為什麼?!

高柏堅急尋著遙控器，想要將佐樂放出來、對她解釋一切的真相。他要告訴她他心裡面最誠實的吶喊，他不要她再去嘗試這些危險的事情，因為佐樂說的絕望心痛，他全部都結結實實地體驗過。

「被關在裡面久了，蠢話也不小心說得太多了。」佐樂看著周圍的牆壁，自嘲般地苦苦一笑。「高柏堅，你的計畫成功了。但是我希望……」

一道沉重的開鎖聲轉移了佐樂的注意力，她轉頭一看。

門開了，高柏堅就站在門口。

高柏堅攬著一支單一麥芽威士忌酒瓶，不顧酒吧內其他賓客的眼光，帶著大半酒意大聲駁斥：「我現在就用心理學家的觀點證明給妳看！我可以告訴妳，這種人出生在社經地位較高的家庭，不管他是不是來自單親家庭，這傢伙在口腔期一定有過突發性的戒斷，導致他必須在肉體上仰賴多位異性同時交往以獲得安全感，肛門期受到父母高壓管教，無法有完善人格發展，不管婚前婚後都會有暴力傾向，至於……」

Chapter 9

牛皮紙袋的祕密

佐樂獲救了。

也許是在密閉空間自我剖白了一段時間，大腦尚未恢復邏輯與判斷能力，所以即使門打開了，佐樂幾乎忘了自己剛才莫名其妙的受困，她只是怔怔地看著高柏堅，不解眼前這男人為什麼要用直勾勾的眼神看著她，更不解為什麼……他正逐步靠近自己……。

佐樂還不及防備，下一秒，高柏堅已經抑制不住內心衝動，抱住她。

為什麼高柏堅抱……咦？

當佐樂的大腦辨識出高柏堅這項行為是「抱」時，一長串的問號如跑馬燈在她腦海中跑過，一連串的問題也跟著接踵而至。「抱」?!他在抱我？為什麼？他想跟我說什麼？他想做什麼？這到底是什麼意思？為什麼他到現在還不說話？為什麼？到底為什麼？

這些連珠炮似的疑問，像一道高壓電讓佐樂理智的保險絲短路，切斷了她的防衛機制。

那瞬間，她忘了這是職場、忘了他們應該遵守的規範、忘了自己應該推開高柏堅、忘了自己應該與他針鋒相對掩飾自己偷偷喜歡他的這項事實。此時此刻，佐樂只知道自己心臟跳得好快，她從來不曾如此接近自己的上司，從來不知道原來靠著他的胸膛是這麼令人平靜的一件事。她甚至不自覺地想伸手，回應高柏堅的擁抱。

「他在騙妳。不要相信他。」彷彿覺得擁抱不夠密實，高柏堅再度修正自己雙臂攫捕佐樂的力道、將她摟得更緊。

「高柏堅，你……」佐樂發現自己無法抗拒這個擁抱，更糟的是，她的大腦中每辨識一次這個肢體行為，她就會心跳加速一次。「放開我！你不能……」

「我和程采珊沒有復合，妳這笨女人！」高柏堅大吼。

「啊？」佐樂怔了怔，原來一切都是她誤會了？

「妳跟著我工作這麼久，觀察力竟然還可以爛到這種程度。在妳學會我最引以為傲的本事之前，如果又想著要離職，我是絕對不允許的。」

佐樂放棄了掙扎，四周的空氣甜蜜得令她窒息，高柏堅不准她離職的命令竟强勢得教她暈頭轉向，在高柏堅的臂彎裡溫柔脫口：「我不會離開你，不會再說那種話了，只是為什麼……」

為什麼要抱我？這句話梗在佐樂的口中，怎麼也說不出口。她深怕一提，就會從夢境中拉回現實。

「至於穆佑文，他確實在說謊。」高柏堅繼續勸說：「妳要練習信任可以，但絕對不能跟他交往，聽到了嗎？」

「我不想知道這些……」佐樂本能地阻止高柏堅說下去，穆佑文有沒有騙她，這些她根本不想知道！她必須先搞清楚，這個讓她理智斷線的男人怎麼可以伸出手抱住她，又不負責任不做任何解釋？還是他根本沒意識到自己在幹嘛？

「不行，聽我說完！」高柏堅想說的話一而再再而三地被阻止，耐性已經到了臨界點，他忘了編排自己該說與不該說的話，竟失心瘋地和盤托出：「昨天，穆佑文在妳家樓下和妳見面之前，我聽到他和另一個女人通電話……」

「你昨天來我家？」

原本縈繞在佐樂周圍的粉紅色泡沫，就在這一瞬間全數被戳破。

「我……」高柏堅這時才意識到自己漏了餡，間接承認自己犯規的事實。他登時慌了手腳，高柏堅腦海中已經想起那三條工作規則協議，他知道自己就要失去佐樂了。「對不起。」

「我不要聽對不起。我只想知道你為什麼要這麼做？」佐樂深深凝視高柏堅，甚至期待他能替自己的行徑，「承認」某些心理上的感受，比如說，「喜歡」。

然而，方寸大亂的高柏堅卻只知道要繼續辯解：「我知道我不該這麼做！但是有什麼事比起妳的另一半欺騙妳更嚴重？」

「當然有。」佐樂更是一臉認真。「就是你為什麼要對我做這些事？我正在問你！」

「難道妳覺得自己不應該知道？難道妳真的想永遠傻傻相信那個傢伙？想一輩子被矇在鼓裡？妳認為這種自欺欺人的信任，被穆佑文那種混蛋丟在地上踩，就叫做真愛？」高柏堅火大。這女人到底是怎麼了？都什麼時候了還只會追著他破壞約定的事情窮追猛打，真是狗咬呂洞賓！

「搞了半天，你只是想承認自己是對的？你只在意他有沒有說謊，滿足你個人的研究慾？」佐樂嘆了口氣，她發現原來高柏堅和她的溝通，從來都沒真正產生過交集。「我告訴你，穆佑文有沒有說謊、有沒有劈腿，這些事對我來說根本不重要，我只想知道你為我做了這麼多，到底為什麼？不過現在我想，一切都只是我想太多了。」

佐樂不是什麼道德觀念傳統的女孩子，但對於自己喜歡的高柏堅，她特別在意他為自己所做的每件事。特別是，她還沉浸在那場該死的擁抱餘韻中，每每一回想還忍不住怦然。但是，高柏堅卻神色自若得讓她覺得，這一切根本只是國際禮儀。

「我要離職！」佐樂說得決絕，彷彿她對高柏堅提的是分手。

※

「玩真的？」

下午三點，院長辦公室內，李其琛看著手中的離職申請單，上頭那行寫著「尋找新人生目標」的離職理由，忍不住擔心地抬起頭看著佐樂，這個幾乎要被他當成女兒的得力部屬。

「是的。」佐樂點點頭，兩個鐘頭前的憤怒如今已經平靜得看不出一點波紋。

李其琛摘下老花眼鏡，嘆了口氣。「高老師怎麼說？」

「他沒有意見。」我們有過協議了。佐樂才這麼回答，兩人達成協議簽約的情景又歷歷在目，回想起來，她甚至覺得當時的諜對諜藏有幾分甜蜜。

「丫頭。」李其琛看著佐樂說：「妳跟著我這做事好幾年了，妳的脾氣我也是知道的，我知道妳要走，我怎麼也留不住妳。妳還年輕，做做其他的事也沒有問題。不過我唯一有意見的，是妳這離職理由……」

「離職理由怎麼了？」

「尋找新人生目標？」李其琛一邊念出那行離職理由，一邊扳手指數數。「就這七個字？想敷衍誰啊妳？上次妳說要走，我問妳離職後要去哪，妳當時沒想好，現在也沒想好，還想用這個當理由？」

「老師，我不想騙您。難道要我捏造一個理由搪塞您嗎？」這些反應都在佐樂的料想中，她冷靜應對著。

「妳現在也是在搪塞我！妳真正的離職原因，是高老師吧？」李其琛提高了聲量。

「老師對不起。我……」佐樂面色凝重，她不是不想跟李其琛坦白自己離職的真正原因，但無論如何，她就是說不出口。「我只是……」

「我知道妳和高老師不合。但是，公歸公、私歸私，妳在工作上一直有個切換機制的開關，根本不是那種討厭自己上司，就會用離職來解決的人。」

「那個開關，壞了……」佐樂只說到這，眼淚就撲簌簌地流洩出來。她已經無法再公歸公、私歸私了。

「你們出了什麼事？」李其琛有點擔心。

佐樂無法回答，更大顆的眼淚掉出來，當著老闆的面大哭，這是何等丟人的事?!佐樂卻難掩哀傷，只能含糊擠出一句：「老師對不起……」

佐樂跑離了院長辦公室，不顧走廊上管院教職員的側目，一路奔回H704研究室，確定高柏堅並不在辦公室裡，便立刻衝了進去。她鎖上門，絕望地倚上門板，無力地滑坐到地上。佐樂望著辦公室內所有物品，特別訂製的桃花心木辦公桌、人體工學座椅、被強制規定不能正反兩印的A4紙張、每天飄洋過海跨國寄送的英國報紙、期刊、台灣買不到的英國茶葉，連那一整櫃書，都充斥著有別於管院的心理學原文書……。

佐樂的眼眸映出這一切，眼底盡是悲傷。在這小小的辦公室裡，高柏堅的缺點，都被她視為他獨一無二的特點，儘管討厭從口中說出，心裡卻不是那麼想。

佐樂想離職，不是因為他違反那可笑的三項工作協議。這一切的一切，都只是因為，她愛上了高柏堅。佐樂完全不知道這樣的症狀是不是斯德哥爾摩症候群，但是，她實實在在地喜歡上這個人，她甚至享受被他窺視、拆解的每一刻，但她不能忍受高柏堅這麼做，只是為了證明自己有多懂人類，而不是真的在意她的感覺。

但這些，她怎麼能光明正大地說出口？佐樂摀著嘴，連啜泣的嗚咽氣音都要壓抑壓抑再壓抑。走出這棟大樓就沒事了，走出這棟大樓就沒事了，她只能這麼告訴自己，強忍著。

「佐樂，在裡面嗎？」李其琛的聲音。

佐樂趕緊撥掉眼淚，解開鎖。才要把門拉開時，卻感覺到門另一端有股阻力，硬是不讓她把門打開。

「既然妳已經確定這是妳要的，妳就走吧！以後需要推薦函，記得回來找我。」李其琛把離職申請單從門縫遞了進來，體貼地不和淚眼縱橫的佐樂正面相對。

佐樂接過來一看，李其琛已經在上面簽字了。

而此時此刻，高柏堅在哪裡呢？

※

「你到底是哪根筋不對？連她喜歡你都看不出來？」煙霧瀰漫的酒吧中，程采珊不留情面地戳了高柏堅一句：「虧你還是心理學家，整件事你根本劃錯重點了！」

「我才沒有搞錯重點！她如果真的喜歡我，怎麼可能告訴我她要跟那台Lexus 交往？」高柏堅攬著一支單一麥芽威士忌酒瓶，不顧酒吧內其他賓客的眼光，帶著大半酒意大聲駁斥：「我現在就用心理學家的觀點證明給妳看！我可以告訴妳，這種人出生在社經地位較高的家庭，不管他是不是來自單親家庭，這傢伙在口腔期一定有過突發性的戒斷，導致他必須在肉體上仰賴多位異性同時交往以獲得安全感，肛門期受到父母高壓管教，無法有完善人格發展，不管婚前婚後都會有暴力傾向，至於……」

「你小聲一點！」程采珊急急忙忙把快要失態的高柏堅拉回高腳椅上。「你這個樣子才會被別人認為有暴力傾向！想嚇唬誰啊你？」

高柏堅的酒量不好，先天不良、後天苦練更是不成，但是今天下班前，當他看見桌上擺著佐樂的離職申請單時，他已經知道，紅茶或咖啡都只會讓他清醒的意識更痛苦，啤酒只會讓他的腸胃充斥著空氣，威士忌將是他山窮水盡最後的選擇。

至於坐在高柏堅身邊，好整以暇地啜飲黑啤酒的程采珊，會成為今晚替高柏堅「撿屍」不二人選的理由，除了程采珊是高柏堅在台灣唯一的朋友之外，她也是唯一洞悉高柏堅對佐樂有特殊感情的人。

「她為什麼不聽我說的話……」高柏堅消沉地灌下一大口酒，握著酒杯的手頓時一陣無力，碰地一下急促拍在吧台桌上，差點把杯子給打破。

「你節制點！」程采珊把整瓶威士忌搶走，制止高柏堅再喝。「你說的對她就應該要聽，這什麼道理？重點是你自己的感覺，我問你，你當初為什麼要簽那些條約？不就是在乎她嗎？」

「因為限制具有挑戰性～」高柏堅酒意上了，開始裝瘋賣傻賣弄起英國腔：「Challenge Accepted～」

「正經點好不好！」程采珊一個巴掌打在高柏堅頭上。「如果你不在意她的去留，大可准了她的辭呈，也不可能去遵守她定出來的遊戲規則，你就是不想失去她？不是嗎？」

「Boring～」高柏堅手撐著臉、別開頭，不想認真回應程采珊說的話。高柏堅內心有個莫名其妙的堅持，他堅信畢馬龍效應，如果有人道出他的心事，不管是否準確，他都不會正面否認，就怕一旦承認就會變成事實。◆

「你那年輕可愛的女助理要是知道你是這反應，不知會作何感想……」程采珊搖頭大

◆

畢馬龍效應：Pygmalion Effect，是指人在被付予更高期望以後，他們會表現的更好的一種現象。

嘆，怎麼有人可以鴕鳥成這個樣子？「你知道為什麼她會說，Lexus醫生有沒有說謊對她來說根本不重要嗎？因為醫生只是幌子，她在意的是你，Y-O-U，YOU！」

「難道她沒想過？要是我真的相信她所說的話、甚至誠心誠意祝福她，她就真的要跟那傢伙在一起？」高柏堅氣極。「幼稚！」

「人家才二十五、六歲，你跟她一般見識做什麼？」程采珊不悅。「再說了，我要是她，跟她一樣年輕個十歲，我一定選那醫生。」

「為什麼?!」高柏堅完全不解。這女人不是應該要跟他站在同一陣線？為什麼所有人今晚都要棄他而去？

「柏堅，你知道為什麼我要離開你嗎？」程采珊再度嘆氣。

「不就是因為我不能信任妳嗎？」高柏堅一臉無所謂。「誰不信任誰這種話，是劈腿的人才會說的，劈腿就是錯的！」

「是，我承認劈腿是錯的。但是，人在一段愛情關係中的罪惡有很多種，就像法庭天天上演的官司一樣，犯罪類型多、輕重緩急也不同。劈腿在愛情中，只是其中一種罪。只不過它在愛情中等同於殺人罪，所以最容易被眾人撻伐、也最容易定罪。你呢？你知道自己犯過什麼錯嗎？」

高柏堅不想去思考這個問題。

「不在意對方的感受、能夠容忍的範圍，不知該對自己的感情收放自如，就像酒駕，你看見紅燈不減速也不停車，自以為無傷大雅，但一個不小心也是會撞死人、會扼殺一段關係。只要傷得了人，這些全部都是罪。」程采珊逕自說下去。

高柏堅的腦海中浮現佐樂的輪廓，他想起佐樂被他關在觀察室裡時，真誠自白的神色。想起佐樂第一次與第二次提離職時，眼神中的絕望與決絕。高柏堅瞇起了眼睛，困惑了。

「問題出在，每次在愛情中，你永遠都認為自己是對的。」程采珊一臉嚴肅。「你想贏、你看到每件事都要據理力爭、你只想志得意滿地說出那句『我說的沒錯吧』？是，當下你可以自我感覺非常良好，但是你就是透過這種自以為是的正義扼殺愛情的！」

「少强詞奪理了……」高柏堅酒醒了大半，有些坐立難安。

「我這也許是强詞奪理，但是，當一個人必須絞盡腦汁編造謊話，至少表示他在意另一半的感受、尊重另一半的自尊。相形之下，比你這種只想著要據理力爭的誠實主義者，劈腿的人讓我更能感受到愛情、被在乎，我甚至感受得到他想維繫這段愛情關係的誠意，說謊這種『惡行』當然可以理直氣壯。」程采珊這麼下了結論：「說謊，有時候也可以是一種誠實。你，學會了嗎？」

高柏堅沒有說話，只是緊緊握著早已空的酒杯，盯著裡頭的大冰塊。但此時，大冰塊早就不再是大冰塊，大半的稜角都和進酒中，入了愁腸。

「我說得有些偏激了。你聽不進去也無所謂，反正我要嫁的人不是你，我也不需要為你接下來的任何情緒、自食惡果負責。我今晚的任務是把你平安送回家、還有避免你喝醉酒亂打電話，做出明天會後悔的行徑。」程采珊一口飲盡早就完全退冰的黑啤酒。「很晚了，走吧！」

高柏堅下了椅子，一邊摸著口袋，一邊走得跌跌撞撞。「我的手機在哪裡……」

「你想打給她？」程采珊扶住險些就要栽了跟頭的高柏堅，不太放心。「你以為酒後吐真言很帥氣？我告訴你，女孩子最討厭酒後告白事後不認帳的男人了，明天醒來再說！」

「想太多了。」高柏堅挺直腰桿，瞪了程采珊一眼，打起簡訊。

「明天來找我，有東西要送妳。」

高柏堅按下寄出，收件人是佐樂。

※

離職這件事，和分手、離婚、遷徙等任何形式的離別，都有著異曲同工之妙。一個人與周遭的人事物處得越久，離開時就越麻煩。老是將離開掛在嘴邊的人，都不會是最先離開的那位。而一心想要離開的人，會覺得任何麻煩都不是問題。

佐樂從唸大學起就在管院打混，碩士畢業後直接從兼任助理升格為專任助理，偶爾還得充當助教代課，自然也知道要離職絕對麻煩。光是昶曦那小妞的死拖活拉，就會讓她不得安寧，加上上次她提離職已驚擾太多閒雜人等，佐樂深知，如果這次她又在光天化日之下公然轉身，是絕對不可能輕鬆地一走了之的。

於是，佐樂起了個大早，在行政人員還未開工的清晨六點，就拎著所謂的「離職紙箱」踏進管院，她打算先打包自己的私人物品，等學校的行政單位一上班，就火速遞交離職文件，利用她剩餘的特休假，一路放到離職生效日。至於昶曦，也只能等離職後，再約她喝喝下午茶應付她的精神人情轟炸了。

佐樂來到Ｈ７０４門口，立刻感受到一股涼颼颼的冷空氣自腳底的門板縫飄出。她一驚，莫非是冷氣沒關？她左思右想，關冷氣本來就在她下班前的標準作業流程中，她不可能會忘記。但現在冷氣機嗡嗡作響，莫非……

佐樂內心萌生一股不祥的預感，她屏氣凝神地打開門，一進Ｈ７０４，五張旋轉椅立刻映入眼簾。

佐樂看著眼前奇怪的景像，一怔。

基本上，高柏堅就不是好客（或是說有人緣、好相處）的教授類型，這間研究室那麼多椅子前所未見、也根本不需要。再者，又是什麼情況，得讓椅子呈現不正常的椅背併列？

佐樂皺著眉頭，把紙箱擺在自己的桌子上，小心翼翼靠近。朝著五張椅背的另一端探頭一瞧！

沒想到高柏堅竟然很克難地橫臥在旋轉椅上，只蓋著一件外套，表情痛苦扭曲地睡覺。身上穿的是和昨天同一套的衣服。顯然已經在這睡上一宿。

佐樂望著那任何人一看都會脊椎側彎的淒慘睡相，忍不住納悶起來。

打從她第一次和高柏堅在機場接機碰頭後，高柏堅對她下達的第一個指令，就是去買家具。她還記得，光是挑床鋪就花了高柏堅四個多小時，他每看上一張床，坐、跳、滾、臥不說，還得在上頭睡一覺，叫她計時自己花了多久時間入睡，以確定這張床能以最快的速度讓他的身體放鬆。

一個對睡眠品質這麼講究的人，怎麼可能會把研究室當臥室來睡？還睡在旋轉椅上？

當佐樂還丈二金剛摸不著頭緒之際，高柏堅倏地睜眼，轉醒。在他睜開眼睛的那一刻，映入眼簾的是一頭深褐色的鬈髮，立刻認出那是佐樂。高柏堅不自覺地露出滿足的笑容……能一睜開眼就意識到這女孩就在身邊，多幸福的事情？

但下一秒，高柏堅就立刻從椅子上彈起來。

不對，這女孩怎麼會在他家？他環顧四周，發現自己居然在研究室。怎麼回事？緊接著，他感覺到一陣腰痠背痛，還有整顆頭發出的腫脹與昏沉感，以及反胃的不適感……這是，宿醉?!

高柏堅硬是啟動自己尚未熱機的大腦，仔細回想上一次閉上眼睛之前，究竟發生了什麼。他記得，昨天晚上程采珊扶他離開酒吧、送他上計程車，然後……高柏堅再也想不起任何記憶。程采珊不是說要送他回家？怎麼這會在學校醒來？

難道……？高柏堅定定地看著眼前的佐樂，發現自己手上抓著一張紙條。

「You owe me once.」（你欠我一次）

這草寫字跡高柏堅再熟悉不過了，他再次看向置身於眼前的佐樂，確定這的確是程采珊的傑作。

這下他欠的可多了。程采珊。

「現在幾點？」高柏堅覺得頭很痛，他昨晚的確叫佐樂來找他，但也該讓他有點心理準備吧？這女人已經讓他質疑自己的戰鬥力很久了，現在宿醉就趕鴨子上架要他談判，到底是哪一招？他強忍著頭痛。「先幫我泡杯茶再說……」

佐樂點點頭，拿起茶壺準備出去，卻被高柏堅叫住。

「等一下。」高柏堅皺著眉頭，指著佐樂桌上的紙箱。「那是什麼？」

佐樂一慌，尷尬得張口結舌、無法說出個所以然來。

「我昨晚不是跟妳說，要妳今天來找我？」想神不知鬼不覺地一走了之？這小妞還嫌他的頭不夠痛嗎？

「呃……我只是想……」佐樂越是著急地想辯解，越是言不由衷。

「算了。」高柏堅擺擺手，隨即打開辦公桌最底層的大抽屜，東翻西找一陣子，拿出一只厚實、經過密封的牛皮紙袋遞給佐樂。「我找妳來就是要給妳這個。」

佐樂望著牛皮紙袋，不解，正想動手拆開，卻又被高柏堅一把擋住。

「不等到妳一個人、準備好的時候再看它？」

「什麼東西？這麼神祕兮兮的？」佐樂一頭霧水，給了她東西又要她別拆，這人怎麼老愛耍她？

「這是穆佑文的身家調查報告。」

「什麼？」佐樂不敢相信自己所聽到的。「你找人調查穆佑文？」

跟蹤狂、強迫症、觀察癖，這男人到底還有什麼毛病?!

「大驚小怪什麼？我以為妳已經很習慣我這麼做了。」高柏堅看著佐樂的反應，只覺得好笑，又故作若無其事地聳聳肩。「我很久以前就調查過了，正要警告妳的時候，妳偏偏逼我簽了那三條約定，只好留在這裡。現在，既然妳離職了，那些約定對我來說，也沒有任何威脅性了，這些報告留在這裡也只是占空間，乾脆把它當餞別禮送妳。」

「我不要。」佐樂防備著，手始終沒有伸出去拿取。

「妳確定？」高伯堅挑挑眉，慫恿著：「這裡面有穆佑文從高中到現在交往的女友、呃，或說女伴，名下的資產負債……喔，我差點忘了說，他最近半年的信用卡消費記錄很精彩……」

「你怎麼可以做這種事?!」佐樂越聽越怒，尤其見到高柏堅那副無所謂的模樣，更是怒火中燒。「這些個人資料全都是隱私，而且再怎麼說，他也是院長的親戚，這些資料說不定也跟院長有點關係，你怎麼可以……」

「純屬個人興趣。再怎麼說，妳覺得以我的學術地位，我有必要藉由這些資料，在資源貧瘠的管院獲得任何好處嗎？」高柏堅硬是把牛皮紙袋塞到佐樂手中。「唯一用得著這些資料的人，只有妳。再說，我以為妳會對自己的交往對象好奇……」

「不用了。」佐樂將牛皮紙袋狠狠塞回高柏堅手中，咬牙切齒地說：「我有大把的時間可以慢慢和穆佑文相互了解，不管他有什麼問題，我永遠都不會看，我會從零開始好好地了解他，因為這才是戀愛、這才是信任。是你這種人永遠不會懂的東西！」

「妳也可以把它丟掉，隨便妳怎麼處置。相信、不相信，打開、保留、丟掉，都是妳的自由，反正我用不上。不過，這些文件大概也只有國安等級拿得到了，妳自己看著辦吧！」高柏堅淡淡一笑，直接把牛皮紙袋擺進佐樂桌上的空紙箱裡，伸伸懶腰，好整以暇地步出H704室。

「這傢伙就為了給我這東西，在這睡了一整晚？」佐樂一頭霧水，目光又回到紙箱中的牛皮紙袋。

對於那只神秘的牛皮紙袋，佐樂有股矛盾的情緒。

她實在不太想打開它，一方面，她對穆佑文的好感沒有多到必須透過特級解密來了解的程度，另一方面，她已經下定決心要信任穆佑文，既然如此，如果這資料中又指證歷歷穆佑文有什麼不軌狀況，訓練信任就會變成訓練睜眼說瞎話的能力。只是，佐樂就是沒辦法放心地把自己交給穆佑文，要她豪氣地把那只牛皮紙袋送進碎紙機，她也做不到。

時間已來到七時五十五分，距離學校行政單位上班時間還有五分鐘，管院院辦卻已經有人進辦公室。佐樂帶著私人物品來到院辦，遞交了自己的離職表單，低調辦好手續後，正要踏出管院，卻發現高柏堅就在眼前。

「高老師……」佐樂望著這名令她深深著迷的男人，眼神中有諸多困惑。她對他一見鍾情，更喜歡看著他認真工作的神情，她喜歡他們和平共處，更享受他們相互捉弄的樂趣甜蜜，一對男女相看兩不厭當然好，但是他們連相互討厭時都能令她心神蕩漾，現在把她一步步逼向懸崖又拉她一把，自然也只能讓她暈頭轉向不解其意。然而事到如今，一切都要結束，讓她連煩惱的資格都沒有。佐樂的確不捨得，但與其和高柏堅朝夕相處、遭受煎熬，不如一走了之。

「接下來有什麼打算？」高柏堅儘管想開口留住佐樂，卻也知道，自己違反了規定就必須風度翩翩地尊重遊戲規則，願賭服輸。

「老實說我不知道。」佐樂聳聳肩，笑得釋然。「我快畢業的時候，被男友劈了腿，本來要一起和他進行的人生計畫全都打亂了，一時也不知道該怎麼辦。那時院長問我，要不要先留在學校一陣子，我沒怎麼想就答應了，從兼任做到專任，一晃眼就快三年，表面上是在療傷，實際上卻是在原地踏步。我知道自己早該重新開始了，只是一直跨不出那一步。高老師，雖然我跟你這段時間發生過不少衝突，但我必須說，是你的出現讓我決定往前走。讓我想起該怎麼喜歡……」

說到這裡，佐樂趕緊打住，她差點就要說出「該怎麼喜歡一個人」。

「什麼？」高柏堅沒聽清楚。

「沒什麼。總之，我不會覺得我們這段相處過程有什麼不愉快，我反而很謝謝你。」

她必須承認，自己會鼓起勇氣離職，絕大部份的動機是來自高柏堅。是高柏堅喚醒了她對愛的感知。「我要離開不是因為我們之間發生什麼不愉快的衝突，你也不要覺得我離開是因為你犯了什麼錯。其實是高老師你改變了我的人生，讓我能展開新的旅程。」

「妳知道嗎？」高柏堅在內心惋惜，千萬的不捨油然而生，他卻一句挽留也說不出口，只能莞爾貽笑，說些詞不達意的話。「我從來沒有記住過任何一個助理的名字。有些人和我共事了一個月，走在路上我還會認不出她們。我常覺得，研究助理反正來來去去，他們想要有更好的發展，我都不會挽留。但是妳……」

「嗯？」她不懂高柏堅的欲言又止。

「我知道妳有一天會離開，知道自己不該留妳，但就是有點……」話說到這，高柏堅頓了頓，他深深吸口氣，嘴上逞强繼續說：「算了沒什麼，管院果然是個氣氛詭異的地方，來這裡久了，連跟部屬道個別都變得這麼不乾脆……」

「高老師……」佐樂知道高柏堅愛面子，眼前高柏堅詞不達意的自嘲是他的脆弱。她突然有股想上前擁抱高柏堅的衝動。

但，就在佐樂要跨出腳步時，一道急促的手機鈴聲擾亂這片欲言又止的氛圍。佐樂拿起手機一看，穆佑文的名字在螢幕屏閃爍。她心慌意亂，下意識地瞥了高柏堅一眼，猶豫著該不該接。

高柏堅卻已瞥見了佐樂來電顯示上寫的那串名字，心早就沉到谷底。

穆佑文。

又是那傢伙！為什麼老愛和佐樂糾纏不清？不行不行不行！高柏堅，你現在必須體面、紳士、有風度！高柏堅硬是收起悲傷，故作大方地點點頭，示意佐樂儘管接電話。

佐樂有些失望，接起電話：「喂？」

「我在校門口。如何？手續辦好了嗎？」穆佑文的聲音。

「這麼快？」佐樂一愣，有些措手不及，她還希望與高柏堅多聊久一點。「你不是說你早上要值班……？」

穆佑文還未回答，佐樂就看見高柏堅背過身去，狀似要離開。她心頭不禁一緊，想開口叫住他，卻又得應付電話彼端的穆佑文。

「我請假了。因為妳比工作還重要。」穆佑文在那頭溫柔地說著。

「是嗎？」佐樂看著高柏堅的背影，心不在焉地應聲，她做出了決定。「我還有一個流程沒跑，再等我一下好嗎？」

佐樂掛了電話，定定地望著高柏堅。

我在說謊，高柏堅，你不是對撒謊最敏感了？你看出來了吧？我在求救！這一次，你能不能說點什麼？佐樂在心中吶喊，期待著高柏堅能有所動作……。

高柏堅其實根本沒有在聽。剛才看到穆佑文的來電顯示，早已讓他亂了陣腳。佐樂講電話的聲音無論輕柔或剛强，在他聽來都是利刃，一句句割著他的耳朵，他怎麼會注意到佐樂為了他撒謊？

他不斷重複深呼吸的動作，强迫自己冷靜下來。高柏堅，穩住！等一下若無其事、風度翩翩離開現場，就跟當初在機場和她相遇一樣。就這幾分鐘了，Hold住！

「高老師，有些事我想問你。」

佐樂的聲音讓高柏堅的心臟漏跳一拍，他慌慌張張地回頭，還沒聽清楚問題，就直接掛上禮貌冷淡的微笑，轉移話題。「妳接下來的工作，會暫時由那個雷什麼的男生接手。以後不用擔心了，我還有實驗要做，妳多保重。」

「啊？」就這樣?!佐樂完全招架不住。前幾分鐘才離情依依，現在就要快閃？這是哪招？

「對了，我給妳的那份文件，妳如果覺得不需要就丟掉吧。祝妳幸福。」高柏堅倉促丟下這句話，轉身大步離去。

佐樂目送高柏堅離去的背影，直到那高挑的身影消失在走廊盡頭轉角的那一刻，她才發現自己眼底早已蓄滿淚水。她不敢相信她和高柏堅的珍重道別會如此突然，那牛皮紙袋更是讓她崩潰。

她愛高柏堅，愛得讓她好幾次都想推開穆佑文的溫柔，不顧一切奔向他。這男人留給她唯一的紀念品，極有可能是拆散她眼前這份愛情的金玉良言。她以為這會是他也愛她的證據，以為他能成為救贖她的人。但是，這男人留給她的結局，卻是一個冷漠的轉身，冷得要她整顆心幾乎碎裂……。

佐樂被迫回到現實，終於想起穆佑文在等她，卻窩囊得連那唯一的牛皮紙袋都捨不得丟棄。她抹掉眼淚，抱著紙箱走進電梯。

佐樂的聲音迴盪在偌大的單面鏡實驗室裡，卻不見她的身影。聲音是從喇叭傳出來的。

高柏堅正在播放那天把佐樂從觀察室放出來後，兩人發生爭執的錄音檔。他細細回味著佐樂說過的每一句話，無論生氣、高興或無助。卻發現光聽聲音不夠，於是，他打開電腦，把單面鏡觀察室錄的測試影片調出來，按下播放。

Chapter 10

愛的李克特量表

佐樂坐在穆佑文的車上，車行駛在蜿蜒的山區小徑。穆佑文的計畫是載著佐樂到山區晃悠、在山上的觀景店家吃些野菜、喝咖啡、泡溫泉，當作是一種離職後遠離塵囂的慶祝儀式。當穆佑文提到最後一項親密行程時，佐樂沒有表達任何異議，與其說是她對於兩人關係這樣推展沒意見，倒不如說，是她需要一個人將她帶離被高柏堅拒絕的氛圍，無論是透過哪種手段。

重新開始也好。就這麼和穆佑文走下去吧。

既然高柏堅已經教會她，如何愛上一個人，那現在為什麼不能功成身退，讓穆佑文接手，讓她學習如何信任一個人呢？只不過，佐樂即使不把頭轉回後座，也一直惦記著，後座紙箱裡有一只裝著穆佑文底細的牛皮紙袋，這怎麼能不令她心煩意亂？

「嘿，幹嘛還悶悶不樂的？」穆佑文的眼睛笑得彎彎，同時也察覺佐樂神色的不對勁。「好不容易辦好離職、擺脫可怕老闆了，怎麼不笑一個？」

「是啊，可能一時還沒適應這樣的感覺，有點不真實吧……」佐樂笑得有些勉強，卻忍不住替高柏堅護航。「其實我老闆沒有那麼糟啦。只是有些時候讓人不可理喻……」

都什麼時候了？為什麼她腦海一直閃過和高柏堅一起工作的種種畫面。她以為離開就能眼不見為淨，但為什麼現在她心還痛得全身發抖？

「其實我私心慶幸妳離職了。」山路一轉，穆佑文輕踩煞車，轉頭望了佐樂的側臉，微笑。「因為我覺得妳老闆喜歡妳。」

這句話對佐樂而言，更是雪上加霜。她才從這個誤會中走出來，為什麼穆佑文又拼命想把她往下拉？

「怎麼可能？他只是太奇怪了，不太懂社交人際的距離。所以容易讓人誤會而已……不過，你為什麼覺得他喜歡我？」她強抑著心痛解釋。

「我是雄性生物，如果連辨別敵人的能力都沒有，不就太遜了？」穆佑文打趣地說：「男人也是有第六感的，他看我的眼神總是帶著敵意，光是這點就很具說服力。再說，他那麼常在下班時間騷擾妳，那絕對八九不離十了。」

「真的？」佐樂顫抖著。

「是啊，但那是妳的工作，我無權干涉。妳今天辦離職手續，我也有點擔心他會對你做什麼，所以才請假來接妳，順便陪妳一整天。」

可是，我也喜歡他。佐樂木然地看著穆佑文的從容，驚覺自己的喉間發不出一點聲音。

「怎麼在發抖？還是，現在回頭想想，突然覺得他很可怕？」穆佑文停好車，趁著拉起手煞車的轉身，順道以手臂勾住佐樂，在她唇上烙下一抹充滿占有慾的吻。「別怕，有我在，以後不會再見到他了。」

她望著穆佑文自信的輪廓，卻一點也不踏實。真的嗎？從此以後就能這樣手牽手走下去了嗎？

「佑文……」

「嗯？」

「我想問你一件事，你可以老實回答我嗎？」

「當然。什麼事？」

「……你是不是還有別的對象？」她百般艱難地問，頓時覺得自己的聲音很苦澀。

穆佑文先是一愣，但下一秒他就馬上隨即鎮定地堆上笑。「妳要聽實話嗎？」

「我希望你說實話。」佐樂說。

「那天，我在妳家樓下等妳，有個之前在酒吧認識的女孩子打來，我跟她說我有對象了。她問我是不是認真的？我回答她，其實我們還沒有交往，這也是事實。後來，我就找了藉口掛了她的電話。」穆佑文平靜簡短地陳述事實。

佐樂心一沉，沒想到高柏堅說的是真的。

「我知道妳聽了不會太高興。這是我們開始的第一天，我不想騙妳。我沒有再跟她聯絡。」穆佑文的說法也非常漂亮，能從中看出他依然保留雄性動物的狩獵本能，卻沒有逾矩。

「謝謝你的誠實。」但，這終究只是說法。穆佑文的處理方式，也不是個讓佐樂能完全放心的風格。

突然，穆佑文的手機在他的褲袋裡嗡嗡作響。

「不好意思。」穆佑文拿出手機，看了看來電顯示。「醫院打來的，我接一下。」

佐樂點點頭，看著穆佑文下車接聽電話，走了一段距離才接起電話。佐樂看著穆佑文通話，腦中的小劇場不由自主地轉動。雖然接工作電話要迴避是基本禮貌，但是，如果是跟女朋友約會，根本沒有防著誰的必要，不過就是患者怎麼了、急診室有狀況不是嗎？再說，穆佑文和她見面的時間太少，行蹤掌握也不易，又常常因為醫院班表調動必須臨時更改約會時間……。

佐樂後悔自己提出這問題，攪亂一池春水。她開始胡思亂想。真的是穆佑文說的這樣嗎？他們真的沒有見面？穆佑文到底還有沒有別的對象？佐樂的視線不由得瞟向後座，看著牛皮紙袋，天人交戰了起來。

難道……真的像高柏堅所說的那樣？

佐樂爬起身子探到後座，將手伸向紙箱，碰到了牛皮紙袋，她迅速抓住牛皮紙袋，坐回前座椅子上。看著站在路邊的穆佑文，似乎還沒有掛電話的跡象，佐樂緊緊抓著袋口，覺得心臟都快跳出來了。

「我差點忘了說，他最近半年的信用卡消費記錄很精彩……」

高柏堅的聲音在佐樂耳邊迴盪，慫恿她打開。

佐樂深深吸了口氣，動手拆開，拿出一疊厚厚的文件正要閱讀，卻發現——

紙袋裡，什麼資產負債、什麼交友關係、什麼消費記錄，統統都沒有，只有一大疊完全沒使用過的空白影印紙。

怎麼會是空包彈？高柏堅搞錯了？佐樂大感意外，甚至一張張翻動那疊影印紙，但不管正反面，全部都是空白。她心急如焚，再度伸手探入紙袋內，竟摸出一封信：

佐樂：

如果妳看到這封信，表示妳對眼前的感情有所猜疑、動搖。很抱歉的是，這個信封裡沒有妳想要的答案。或許我該這麼回答妳，答案一直都是不存在的。我只是想提供妳另一個觀點和看法。

我知道妳一直很納悶：為什麼我老是喜歡干涉妳交男友？其實當妳打開這封信的瞬間，答案已經應運而生。如果妳和穆佑文之間的相處，讓妳質疑起他的忠誠，要拆穿他就像拆開這封信一樣，絕對不難。然而，真正的重點是，既然妳已經選擇相信他，基本上就不會閱讀這封信。這個動作已經客觀證明了妳對穆佑文的感覺。

當妳打開這個信封，就表示不管穆佑文做了什麼，妳的信任就是沒辦法建立。如果一個人連這樣都沒辦法讓妳信任，妳做再多的信任練習，都是在一步步將自己推向迷霧裡。

是時候該重新思考自己的選擇是否正確。

心理學家最常被問的一句話：「你看得出我現在在想什麼嗎？」這件事的答案當然容易，但是，「別人在想什麼」往往不是最重要的問題。

真正重要的，是「自己究竟在想什麼？」

上帝是公平的，祂給每個人一顆心、一張臉。用心感受，用臉來表達喜怒哀樂，但這卻是非常矛盾的安排。妳永遠不會知道別人心裡想著什麼，卻可以一眼看清楚對方的表情。反之，妳的心永遠說不準自己真正的感覺，而最誠實的臉部反應，偏偏只有別人看得見。

也因此，看穿一個陌生人說謊與否並不難，但要釐清對自己最重要的是什麼，對每個人而言都很困難。因為它需要時間、需要衝突、需要相處來反覆求證，才能驗證一個「憑感覺」選擇的愛情是對還是錯的。

也於是，我到了寫這封信的這一刻，才終於驗證了，原來我因著妳而喜怒哀樂、對妳的好奇、一而再再而三在意妳的每一件事，原來都意味著我愛著妳。無論在妳身邊的會不會是我，我都希望妳得到真正的幸福。

高柏堅

讀完信，佐樂震驚得彷彿遭到電擊。她噙著淚水、緊緊抓著高柏堅最後的信件，硬是壓抑胸口滿溢而出的悲慟，淚眼朦朧中，她似乎看見車外的穆佑文已經結束通話，朝她走來。她只能胡亂將一整疊白紙、信件塞回牛皮紙袋，匆匆忙忙地丟回紙箱，忍住眼淚。

高柏堅，你這樣要我怎麼和穆佑文在一起？

佐樂還抽噎著，看見穆佑文已經走回來，而且是逐步接近副駕駛座，連忙撥掉淚水。但還沒收斂完全的驚愕卻逼得她渾身顫抖。

「抱歉，每次跟別的醫生換班，問題總是一堆。」穆佑文打開副駕駛座的門。「我們先吃個飯、看看風景，稍微逛個老街，三點就可以check in了。」佐樂聽到這話，才恍然想起，她剛才糊裡糊塗地答應穆佑文想泡溫泉的提議了！

※

「佐樂姐離職了?!」昶曦難得放大的聲音打破七樓實驗室區的寧靜，她才剛從雷憲之口中得到第二手消息，不可置信。「怎麼可能？她上次明明就答應過我，要走之前都會跟我商量的！」

「真的啦！她今天一早東西都收乾淨、離職手續也辦完了。」

兩人在走廊上邊走邊談論著，經過單面鏡實驗室，卻發現裡面傳來佐樂的聲音。

「我告訴你，穆佑文有沒有說謊、有沒有劈腿，這些事對我來說根本不重要……」

「亂說，佐樂姐明明就還在裡面！」昶曦認出是佐樂的聲音，喜出望外。

「好像真的是！」雷憲之凝神一聽，也是一愣。「不過他們……是不是在吵架？」

昶曦和雷憲之躡手躡腳地扭開門把，探頭往觀察室一看，卻發現驚人的景況。

「我只想知道你為我做了這麼多，到底為什麼？不過現在我想，一切都只是我想太多了。」

佐樂的聲音迴盪在偌大的單面鏡實驗室裡，卻不見她的身影。聲音是從喇叭傳出來的。

高柏堅正在播放那天把佐樂從觀察室放出來後，兩人發生爭執的錄音檔。他細細回味著佐樂說過的每一句話，無論生氣、高興或無助。卻發現光聽聲音不夠，於是，他打開電腦，把單面鏡觀察室錄的測試影片調出來，按下播放。

「高柏堅。」

高柏堅聽見了佐樂的呼喚，很自然地順著聲音抬頭望去。

門口的衵曦和雷憲之也順著高柏堅的視線望去，不由得大驚摀嘴。只見佐樂的影像投映在觀察室那張雪白的大牆上。

「我想，你大概不會那麼快把我放出去。不過我猜，現在我不管說什麼，你都不會輕易把門打開。正好，有些話我一直藏在心裡，卻沒辦法對你說，不如就趁現在說出來好了，你別太驚訝哦……」

佐樂綻出笑容的瞬間，畫面被定格。高柏堅很享受佐樂的笑容，只是從今以後，他只能在二進位的次元裡想念她了。

「Oh——My——God！高老師和……佐樂姐?!」祀曦努力壓低聲音，不敢驚擾到高柏堅。

雙面小間諜雷憲之，早就洞悉了一切，神色凝重地點點頭。

「佐樂姐知道嗎……」祀曦的腦袋一片混亂。她向來不像佐樂可以臨危不亂，通常能解救她慌亂處境的人，只有她最崇拜的佐樂了，而這次的狀況也不例外。祀曦二話不說，立刻拿出手機撥給佐樂。「佐樂姐，快接電話啊……」

穆佑文的車終於開到了半山腰，來到一間以精緻服務聞名的高級溫泉飯店。自從看了那封信，佐樂比上山之前更不確定自己選擇的正確性，但是這裡已是荒郊野外，要一走了之也不是那麼容易的一件事。

穆佑文停好車，流暢地轉身，就是一道深沉的吻落在佐樂唇瓣。佐樂卻發現，自己不僅渾身僵硬、還一點心跳加速的感覺都沒有，更不知如何回應這個吻。

「終於只剩我們了。」穆佑文離開她的唇，還帶著眷戀以大拇指撫撫柔嫩的唇。「不知道為什麼，有點緊張呢！」

佐樂稍稍往後一閃，下意識地不想接受到穆佑文的撫摸。而穆佑文也感受到佐樂的異樣，空氣似乎凝結。

但下一秒，佐樂的手機便響起。

「我接個電話。」佐樂見機不可失，趕緊拿出手機。是昶曦。

「不要接。」穆佑文搶過手機，帶著點强勢的口吻。「這整個下午都是屬於我們的，我不想再被人打擾了。好嗎？」

「她是我在工作時很要好的女同事，我離職的事沒告訴她，現在總該接個電話。我保證，就這麼一下子，好不好？」佐樂懇求著，她只想抓住任何空隙，逃避接下來可能會發生的事。

穆佑文瞄了來電顯示一眼，的確是女孩子的名字，頓時放心了不少，便將手機遞還給佐樂。「說得也是，畢竟我稍早也才接到醫院打來的電話。」

佐樂尷尬一笑，立刻取回手機接聽。「喂？昶曦？」

「佐樂姐～～～」電話彼端傳來昶曦撒嬌的聲音，但訊號卻不怎麼清楚。

「我知道妳要說什麼，對不起，我不想驚動太多人，所以離職的事才連妳都沒說。」

一聽見耳熟的同事聲音，佐樂立刻懷念那個工作場合。「我本來就打算過幾天約妳出來喝茶、再和妳講清楚的。」

「不是啦！佐樂姐，高老師他現在……」昶曦急得像熱鍋上的螞蟻，欲言又止。「我不知道要怎麼說……佐樂姐，妳現在＊＆（％＆〈＄……」

昶曦的聲音斷斷續續，最後佐樂根本聽不懂她說什麼。

「妳說什麼？」佐樂再問一次。

「佐樂姐！妳現在在哪裡？收訊怎麼這麼差？」

「我要去洗溫泉，山上的收訊不太好……」佐樂說到一半，突然聽不見電話中傳來任何聲音。「喂？」

佐樂一看手機，發現訊號只有一格，少得可憐。

※

「溫泉?!」一聽到關鍵字，昶曦不由得大驚失色。「佐樂姐，妳跟誰在泡溫泉?!……

喂？喂？」

昶曦大聲呼喚，不一會兒，電話彼端傳來斷訊的嘟嘟聲。昶曦一回神，才發現自己不知不覺間忘了降低音量，高柏堅早已聽得一清二楚，來到她面前。

「妳說佐樂在哪裡？她要去泡溫泉？」

高柏堅不愛開車，回台灣以後一直都是讓佐樂開公務車接送、或是以計程車代步。而今天，高柏堅卻只想弄台車來開。不過，距離他上次在台灣開車已是八年前的事。更令他頭疼的是，雷憲之沒有車。於是，高柏堅只能匆匆忙忙向商學院借公務車，倉促上路。

他一邊開著車，一邊以平板電腦追蹤佐樂的所在位置，好不容易才找到方向上路。然而，一開上高架橋，他卻感覺到全世界的車彷彿都和他過不去，甚至迎面向他直直衝來。

怎麼？今天所有的用路人全吃了炸藥？他雖然對台灣的路不熟，但在英國也有交通經驗，用不著對他這麼不友善吧？

然而，高柏堅根本沒有那麼多閒功夫理會。他一邊繞開這些「迎面」襲來的車子，一面努力往前，一面一輛輛車驚險繞過，只換得路上一堆車氣急敗壞對他狂鳴喇叭，他才恍若大夢初醒，發現自己竟然不要命地靠左行駛。

他情急之下忘了這裡是台灣，不是英國！

高柏堅氣急敗壞地大迴轉，嚇壞了從旁經過的來車。搞得整個高架橋大亂。該死！偏偏在這個時候出亂子……剛才浪費了太多時間，他得直接打電話給佐樂。

「您撥的電話沒有回應，請稍候再撥……」

「DAMN！」高柏堅大怒，這個笨女人就算被他拒絕，也不需要馬上跟個精蟲充腦的男人跑到荒郊野外吧？到底要不要給人一點轉圜的餘地。

高柏堅腦中連珠炮似的咒罵，卻發現有兩名警察攔下他的去路。

「先生，你剛才逆向行駛了，還有，開車不能使用手機。」警察伸出手。「駕照給我看一下！」

高柏堅這才想起，他在台灣的駕照早就已經過期了。

※

面對佐樂，穆佑文常有一種踢到鐵板的感覺。首先，他們的第一次見面，她就以扮豬吃老虎之姿，把他丟包在一個根本不認得路的小巷弄裡吹了一整晚冷風，吃不到就算了，連視覺上的意淫機會也不給他。

其次，佐樂還打破了他多年來逐水草而居的不固定愛情模式、破解了他慣用的約會技倆、入侵了他從來都不讓任何女伴進入的，自己的住所。穆佑文不敢說自己已經多深愛這個女孩，畢竟和她正式交往之前，他還是有幾位約會對象，只是那些人說起話來總令他意興闌珊，甚至會出神地想念佐樂。

不過，穆佑文最大的疙瘩，還是那位每次都來破壞他和佐樂的好事的——佐樂口中的惡老闆。沒想到在他以為這一切的夢魘就要結束的今天，真正的主菜才端上餐桌。

穆佑文神色凝重地看著佐樂，他極少會在任何約會對象、甚至女朋友面前，展現出自己的負面情緒。但他實在不能明白，佐樂剛才說的那句話。

「我想先知道，」他捺著不悅的情緒，試著平心靜氣問：「妳說妳不能跟我繼續交往，是因為我剛才接的那通電話嗎？」

「不是的。」佐樂深深吸著氣。「跟那件事沒關係，是我自己的問題。」

「是嗎？自從我接完醫院打來的電話以後，妳整個人就怪怪的。我不知道這麼短的時間內妳可以發生什麼事？我唯一想到的可能，就是妳不相信我。」穆佑文拿出自己的手機遞給佐樂。「妳不放心的話就看吧。」

佐樂望著穆佑文遞送到眼前的手機，卻一點也不想拿。她並不是相信穆佑文，而是，她根本不在乎。

「拜託妳，拿去！」穆佑文的眼神中有些悲涼，彷彿已預知了故事結局。

「佑文，我不想傷害你，可是我真的不想知道……我心裡，其實一直有個人。從今天離職，到現在，我一直在想著他。」佐樂吐出真話的同時，竟覺得鬆了口氣。

穆佑文凝視著佐樂，有種哀莫大於心死的頹然，他故作瀟灑地苦笑。「妳知道嗎？我還真有點受傷。因為這是我這輩子，第一次讓我的女朋友查手機。」

「對不起。」佐樂說。「我必須去找他了。」

「我送妳下山吧？」

「不用了。」佐樂微笑。「我想自己走下山，一路慢慢看、慢慢想，我遇到他的時候要說什麼。」

「妳要用走的？」穆佑文一愣，即使被拒絕了，還是保持風度、擔心佐樂安危。「我還是開車送妳吧！」

「山景很美，我想好好欣賞。謝謝你帶我來。」佐樂對穆佑文說。「佑文，有一天，你一定會遇到一個教你學會怎麼愛的女孩，然後很幸福地跟她在一起。再見。」

佐樂轉身走了，穆佑文望著纖細的身影奔跑起來，鮮艷的裙擺飄動著，像是一朵花在風中旋轉，消失在彎處。

「那個人就是妳啊。」穆佑文喃喃說道。「傻瓜。」

山涼如水，中午一過，太陽光就隱入厚重的雲層。

佐樂抱著紙箱，不知道自己跑了多久，趕到腳底板、腳趾、後腳跟都已腫脹，並傳來隱隱作痛，她只好緩下行進的速度。她不敢脫下高跟鞋休息，就怕水泡會讓她寸步難行，只好咬緊牙根忍痛走著。

佐樂想打電話給高柏堅，但手機已經沒電。她知道這條路是下山唯一的路徑，只要沿著穆佑文來的方向走，應該還是有辦法走到山下。但就在這時，高跟鞋竟然冷不防一拐，讓佐樂摔了一跤。

腳踝傳來劇烈的痛楚，扭傷了？不是吧，怎麼偏偏在這時候?!佐樂沮喪萬分，只好乖乖停在路邊，伸長脖子張望路上的來車，希望能招輛便車來搭，但平常日山區的遊客根本少得可憐，不然就是呼嘯而過完全無視於她的存在。

佐樂無助地翻找紙箱，紙箱裡只有一些辦公用品、她的化妝品、美髮品……根本沒有可以拿來求救的道具。

最後，她再次拿起牛皮紙袋，開信閱讀。

高柏堅……我好想念你……。

佐樂的眼淚滴在信上，讀完高柏堅的信後，她打起精神撐起身子、脫下高跟鞋，赤腳一跛一拐地上路，走沒幾步，就看見一輛車遠遠駛來。

救星！佐樂燃起一絲希望，拼命朝著車子揮手求救。

然而，那輛車開車的技術看起來卻不怎麼好，即使在山區行駛也不懂得減速，眼看就要與佐樂擦身而過——

管他的，現在只要能帶她離開這鬼地方，就算死也無憾！佐樂看著手中的高跟鞋，二話不說就使盡吃奶的力氣朝那輛車一扔！

Bingo！高跟鞋擊中了來車，那輛車也的確緩下速度，逐漸接近佐樂。但是，那輛車離佐樂越近、佐樂越覺得眼熟。她朝車牌定睛一瞧——

這不是……管院的公務車？怎麼會出現在這？

佐樂揉揉眼睛，想確認自己沒在作夢，車身已經回轉、停在她面前。走下車的，竟然是高柏堅！

「高柏堅？你……你怎麼會出現在這裡？」佐樂是高興的，但眼前所發生的一切實在令她太驚訝了。她雖然喜歡高柏堅，卻從沒想過這大叔也是有一番英雄救美的氣概。

高柏堅從引擎蓋上拿起天外飛來的人間兇器，走到佐樂面前。

「你怎麼會知道我在這？該不會……你又追蹤我了？」佐樂還沒說完，高柏堅已經上前俯身親吻她的唇。良久，她才想起自己應該要掙扎，卻已欲振乏力。「你違反了工作規則第……」

佐樂被他的雙臂擁住，粉嫩的雙唇再度被高柏堅烙上一吻，更深更深。等佐樂回神，她已經在回應高柏堅的吻。

她曾經和幾個人接吻，卻從不曾像這次，讓她不由自主地伸出雙臂，勾住高柏堅的後頸。雖然閉著眼，她的雙手卻撫著他的臉頰、指尖順著耳朵的弧線，將他的輪廓深深刻在心裡，在激情迷亂中，佐樂最後觸及高柏堅的後頸，感知他的溫度。直到今天，她才知道，原來接吻除了舌尖上的滑動，還有這麼多未知地帶足以探尋。

在親吻間，佐樂意識到她有太多事情必須問個清楚，但被高柏堅吻住的她，沒辦法理性思考每一件事。

「我們現在已經不是工作關係，工作規則已經管不了我了。」高柏堅摟緊她的纖腰，露出得逞的笑，再傾身一吻。

「等一下。」明明已經完全溺在柔情密意中，倔强的佐樂還在做垂死掙扎，急急忙忙擺脫高柏堅的吻。「都讓你親這麼久了，該說出口的話總能說了吧？」

「這麼重要的一句話，你就不怕我騙妳嗎？」高柏堅將佐樂全身抱起，小心翼翼地送她上車。「當然是要裝著測謊儀器說才更有說服力。走，跟我回實驗室。」

佐樂被安置在副駕駛座，等著高柏堅繞到另一邊上車的空檔，嘴角已掩不住喜悅悄悄上揚。但當高柏堅驅車上路，她還是忍不住撒嬌要求：「不過，我現在就想聽你說耶！」

「妳知道有個功能叫錄音，我可以把我的……」高柏堅自得其樂地說到一半，卻感覺到一道殺氣騰騰的眼神自副駕駛座傳來，趕緊住嘴，停下了車。

「嗯？」佐樂微笑，好整以暇地等待著。「你只有一次機會，謹言慎行喔！」

「于佐樂小姐。」他正襟危坐，認真與她四目相交。「雖然我不太喜歡用李克特量表來量化抽樣內容，但是它足以具體表述我對妳抽象的感覺。如果我對妳的感覺必須分成五種選項：非常不喜歡、不喜歡、普通、喜歡、非常喜歡……我的答案會是，非常喜歡。」

「哪有人用李克特量表告白的？這也太省事了吧！」佐樂嘴上逞強，卻已眉開眼笑。

「我喜歡妳，甚至愛妳。雖然只有我知道自己心裡在想什麼，但是，心是從來不會開口說話的。如果不是因為遇到妳，產生我的喜怒哀樂、產生我一連串失控脫軌的行為反應，我的身體不會告訴自己，我愛妳。」

佐樂這才終於滿意，她嫣然一笑、雙手捧著高柏堅的臉頰，拋開矜持主動吻上他。

※

「你真的要這麼做？」實驗室裡，佐樂完全不懂事情為什麼會變成這樣。

剛才在山路上信誓旦旦說要進行自我測謊告白的傢伙，為什麼這會把測謊器材接在她身上?!告白的人是高柏堅，該受測的人明明就是他才對！

「當然，親愛的。從我認識妳的第一天起，妳就不斷在我面前說謊，想開口表明心意卻也不坦率、還一度利用假想敵試探我，我們要交往，總是需要一點安全感。」高柏堅輕啄佐樂臉頰一記，為她戴上腦波測量儀。「接下來我會陳述幾個句子，請妳依照自己的感覺用李克特五點量表形式回答我。」

「還來啊？」佐樂忍不住頭痛。這難道就是跟心理學研究狂交往的副作用嗎？

「第一題：妳愛高柏堅。非常不同意、不同意、普通、同意、非常同意。」

「非常同意。」佐樂無奈回答。

「第二題：妳願意遵守不和高柏堅以外的男性單獨約會，包括吃飯、上酒吧、看電影、出外踏青、講超過三分鐘以上電話的協議。非常不同意、不同意、普通、同意、非常同意。」

「這麼嚴格？」佐樂不耐煩。「同意同意！」

「只有同意嗎？」高柏堅瞇起眼睛，咄咄逼人。

「非常同意。」佐樂翻白眼。

高柏堅看著電腦螢幕顯示的數值。「真的嗎?妳的血壓有點升高，有點說謊的嫌疑。」

「當然是真的。」佐樂微笑。

「第三題：妳願意考慮和高柏堅以結婚為前提交往，並履行戀愛伴侶關係的忠誠道德約定。非常不同意、不同意、普通、同意、非常同意。」

「咳!咳咳……」佐樂嚇得差點被口水嗆到。「等一下，我有問題……」

以結婚為前提交往是怎麼回事?這是二十五歲的她和三十五歲的他戀愛觀有代溝嗎?她一瞬間覺得腦熱……

「哪個部份有問題?我以為履行戀愛關係的忠誠道德約定是common sense，還是妳需要更明確的定義?」

「我不是指那個，是你剛說交往前提……」佐樂越說越小聲。

「結婚?那只是前提，妳不是一直想當我的未婚妻嗎?」高柏堅不動聲色地舊事重提。

「我沒有想當你的未婚妻!都跟你說幾百次了，那是我隨口編的理由，不要每次都拿這件事來說嘴!」佐樂氣得想大吼。

「所以，答案是什麼？」高柏堅眉頭一皺。

「這問卷的選項能不能增加至七個？」佐樂小聲問。「普通、有點同意、同意、非常同意，有點不同意、不同意、非常不同意？給人多點選擇彈性嘛……」

「不行！難道妳只想選擇『有點同意』？」高柏堅霸道逼問。

佐樂看他那占有慾强、既擔憂又急躁的反應，忍不住笑出來。她拆下全身上下所有的測謊儀器，上前圈住他的後頸，甜蜜訴說：「錯！我的答案是——」

非常不同意、不同意、有點不同意、普通、有點同意、同意、非常同意。

佐樂將這七個選項在腦海中默念一遍，她在心中早已做好了決定——

「非常同意。」她對高柏堅俏皮一笑，「不覺得從七個選項中選出來的『非常同意』，聽起來才足以證明我真的很愛你嗎？」

說謊愛你，說謊不愛你

作者—阿亞梅
副主編—楊淑媚
責任編輯—朱晏瑭
封面繪圖—魚魚
封面設計—張巖
內文設計排版—李宜芝
校對—阿亞梅、朱晏瑭、楊淑媚
行銷企劃—許文薰
董事長
總經理—趙政岷
第五編輯部總監—梁芳春
出版者—時報文化出版企業股份有限公司
10803台北市和平西路三段二四〇號七樓
發行專線—（〇二）二三〇六六八四二
讀者服務專線—〇八〇〇二三一七〇五
（〇二）二三〇四七一〇三
讀者服務傳真—（〇二）二三〇四六八五八
郵撥—一九三四四七二四時報文化出版公司
信箱—台北郵政七九～九九信箱
時報悅讀網—www.readingtimes.com.tw
電子郵箱—yoho@readingtimes.com.tw
法律顧問—理律法律事務所 陳長文律師、李念祖律師
印刷—勁達印刷有限公司
初版一刷—二〇一七年五月十九日
定價—新臺幣三二〇元
（缺頁或破損的書，請寄回更換）

時報文化出版公司成立於一九七五年，
並於一九九九年股票上櫃公開發行，於二〇〇八年脫離中時集團非屬旺中，
以「尊重智慧與創意的文化事業」為信念。

國家圖書館出版品預行編目（CIP）資料

說謊愛你，說謊不愛你 / 阿亞梅作. -- 初版. -- 臺北市：時報文化, 2017.05
面； 公分
ISBN 978-957-13-7000-2(平裝)
857.7 106006264

ISBN 978-957-13-7000-2
Printed in Taiwan